Der Schwiegermuttermord und andere Kriminalgeschichten

Gesammelt und neu berichtet von Jürgen Berger

Jürgen Berger

Der Schwiegermuttermord und andere Kriminalgeschichten

Heinrich-Jung-Verlagsgesellschaft mbH
Zella-Mehlis / Meiningen

Heinrich-Jung-Verlagsgesellschaft mbH
Am Einsiedel 7
D-98544 Zella-Mehlis
Tel./Fax: 0 36 82 – 4 18 84
www.heinrich-jung-verlag.de
verlag@heinrich-jung-verlag.de

Die authentischen Fälle in diesem Buch sind alle in der Berichterstattung der damaligen Zeit dargestellt übernommen worden. In diesem Buch wurde betreffs der Rechtschreibung nach einem Kompromiss gesucht. Der Leser findet noch das damalige Amtsdeutsch und Begriffe aus der Vergangenheit vor, die wir heute nicht mehr benutzen.
Auf eine Ausschmückung der Kriminalfälle wird bewusst verzichtet. Die Nüchternheit der Darstellung soll einen Einblick in die Lebensverhältnisse der Menschen in der Vergangenheit gestatten.

Zeichnungen
Jürgen Berger (23)

Der Verlag bedankt sich bei Herrn Dipl. Inf. Thomas Müller für seine Unterstützung beim Erscheinen des Buches.

1. Auflage, Zella-Mehlis 2007

Satz und Gestaltung: Ernesto Jung
Gesamtherstellung: Resch-Druck GmbH Meiningen

ISBN 978-3-930588-91-6

Vorwort

Im Kaiserreich endeten damals Kriminalfälle nicht selten mit Todesurteilen und deren Vollstreckung. Deshalb an dieser Stelle dazu einmal einige erläuternde Bemerkungen.

Es war in dieser Zeit oft der Fall, dass das Geschäft des Scharfrichters sozusagen in der Familie blieb. So übernahm das Amt eines Scharfrichters Reindel wiederum ein Reindel und übte es bis in die 70er Jahre des 19. Jahrhunderts aus. Er starb hoch betagt im Alter von 85 Jahren und vollzog mehr als 50 Hinrichtungen, die fast alle in die Regierungszeit Kaiser Wilhelm II. fallen, da Wilhelm I. in seinen letzten Lebensjahrzehnten Todesurteile nicht mehr zu bestätigen pflegte. Das Beil, mit dem Reindel allein 41 Hinrichtungen vollzogen hatte, war bei seiner Amtsniederlegung in seinem Besitz geblieben und das Märkische Museum in Berlin hatte es erwerben wollen. Reindel forderte dafür 3000 Mark, das war aber dem Museum zu teuer und man ließ eine exakte Kopie des Beiles anfertigen. Mit dieser Kopie ist übrigens auch ein gewisser Hödel hingerichtet worden, der am 11. Mai 1878 ein Attentat auf den Kaiser verübt hatte, da das eigentliche Henkerbeil für diese Hinrichtung nicht rechtzeitig fertig geworden war. Der Scharfrichter dabei hieß Krauts, der ein Gehilfe des Reindel gewesen war und erst wenige Tage vor dieser Hinrichtung seine Prüfung, auch das gab es, als Scharfrichter abgelegt hatte. Diese Prüfung fand übrigens vor einer Kommission statt, die aus Mitgliedern der Staatsanwaltschaft und Gerichtsärzten bestand und der Delinquent wurde dabei durch eine Puppe dargestellt.

Bei Emil Max Hödel handelte es sich übrigens um einen jungen, heruntergekommenen arbeitslosen Klempner, der drei Pistolenschüsse auf Kaiser Wilhelm I. abgab, als dieser in einer zweispännigen, offenen Kutsche Unter den Linden entlang fuhr, ohne diesen jedoch zu verletzen. Obwohl die Motive des Attentäters unklar waren, begann die bürgerliche Presse eine Stimmungsmanipulation gegen die unbequeme Sozialdemokratie ohnegleichen, der man die Tat anlasten wollte. Der Attentäter selbst wurde unter Ausschluss der Öffentlichkeit zum Tode verurteilt und wie bereits erwähnt hingerichtet. Nach dem dann am 2. Juni 1878 der stellungslose Nationalökonom Dr. Nobiling mit einer Schrotflinte auf den Kaiser schoss, ihn schwer verletzte, sah Bismarck seine Stunde gekommen, im zweiten Anlauf das Sozialistengesetz im Reichstag durchzusetzen.

Nun zurück zu Krauts. Dieser wird als ein stattlicher Mann beschrieben, der sich zu Hinrichtungen stets in vornehmer Tracht, schwarzer Frack, weiße

Halsbinde und weiße Handschuhe, einzustellen pflegte. Man nannte ihn den „Monsieur de Berlin“ und veröffentlichte Interviews mit ihm. Krauts trat jedoch nach einer gewissen Zahl von Hinrichtungen wieder von seinem Amt zurück und versuchte in einem so genannten „Spezialitätentheater“ als Nummer sein Glück. Bewaffnet mit einem Beil betrat er die Bühne, um dort eine Enthauptung vorzunehmen. Man machte diesem Unfug aber bald ein Ende.
Damals kam auch in einigen Provinzen die Guillotine, das Fallbeil, zur Anwendung. In Preußen unterblieb es jedoch wegen der damit verknüpften Erinnerungen an die französische Revolution. An einer Hinrichtung verdiente ein Scharfrichter übrigens nicht allzu viel. Nach dem Abzug aller Kosten verblieben ihm lediglich etwa 150 Mark.
In Gotha amtierte Ende des 19. Jahrhunderts der Scharfrichter Louis Hirsch mit seinem Bruder Max Hirsch als Gehilfen. Er vollstreckte unter anderem auch das Todesurteil am Raubmörder Hieronymus aus der Nähe von Apolda, der den Rentier Geyer erschlagen hatte, am 2. November des Jahres 1883.
Dazu hatten sich im Hofe des Landgerichts etwa 50 Personen versammelt, sowie Ärzte und Vertreter der Presse auf Einladung durch die Staatsanwaltschaft, deren Vertreter, die Staatsanwälte Dr. Hildebrandt und Dr. Mittenzwey, samt dem Hohen Gericht präzise 7 Uhr am Schauplatz erschienen. Nach nochmaliger Verlesung des Todesurteils übernahm Scharfrichter Hirsch den Verurteilten und führte ihn die Stufen zum Schafott hinauf, auf dem die Guillotine errichtet war. Jetzt ging alles sehr rasch, augenblicklich ist der Nacken des Mörders entblößt, der dann auf dem beweglichen Brett festgeschnallt und unter das etwa 35 Kilo schwere und 3-4 Meter hoch hängende Fallbeil geschoben wurde, das dann sofort ausgelöst, den Kopf glatt vom Rumpf trennte. Der Scharfrichter, der während des Fallens den Kopf an den Haaren gefasst hatte, hielt denselben nach der Exekution kurz hoch und zeigte ihn dann den in der Nähe stehenden Ärzten zur weiteren Untersuchung. Mit einer Ansprache des Geistlichen fand sodann der Akt seinen Abschluss. Es wurde dazu noch festgestellt, dass die Gebrüder Hirsch diese erste mit der Guillotine erfolgte Hinrichtung in anerkennenswerter Weise vollzogen hatten, da die gesamte Exekution, vom Erscheinen des Delinquenten bis zum Fallen des Kopfes, lediglich 4 Minuten dauerte.
Meist verliefen die Hinrichtungen auf die beschriebene unspektakuläre Weise. Die Delinquenten traten fast immer gefasst oder wie abwesend diesen letzten Gang an. Es gab ihrerseits meist kaum noch eine Äußerung, vielleicht ein leises „Machen Sie schnell!“. Manchmal gab es allerdings auch noch eine Beteuerung der Unschuld oder des trotzigen Aufbegehrens.

Inhalt

Meineid nach wilder Schießerei

Der folgende Fall, der das Meininger Schwurgericht im Jahre 1909 beschäftigte, ist nicht nur eine Angelegenheit eines wissentlichen Zeugenmeineids, sondern auch ein Ausdruck der damals, wie man immer wieder feststellen kann, doch recht rüden Sitten. Angeklagt ist der unverheiratete Büchsenmacher Rudolf Schlegelmilch aus Suhler-Neundorf, evangelisch, vermögenslos, militärisch zurückgestellt und noch unbestraft. Es wird ihm zur Last gelegt bei einem Eid vor der 2. Strafkammer des gleichen Gerichtes im April des gleichen Jahres wissentlich falsches Zeugnis gegeben zu haben. Der Tatbestand ist dabei folgender: Am 21. November 1908 ging der Bauunternehmer Emil Schlief gegen 1 Uhr nachts von Suhl nach seiner Wohnung in Suhler-Neundorf. Unterwegs, kurz vor dem Dorfe (der Ort gehörte noch nicht zu Suhl), wurde er von den Schlossern Wilhelm Herzog und Heinrich Gladitz ohne jede Ursache gepackt und misshandelt. Nach längerem Kampf konnte sich Schlief losreißen und fliehen. Hinter ihm her fielen zwei Schüsse und nach kurzer Zeit hatten ihn die beiden Angreifer wieder eingeholt und prügelten weiter auf ihn ein. Als es ihm neuerlich gelang sich loszureißen, fielen nochmals zwei Schüsse. Er hörte die Kugeln pfeifen und in seiner Nähe einschlagen. Getroffen wurde er zum Glück nicht. Wenig später, gegen 2 Uhr, kamen die Büchsenmacher Schubert, Götz und noch zwei Arbeitskollegen von einer Singstunde aus einem Privathaus und wurden alsbald ebenfalls von Wilhelm Herzog, diesmal mit einem Dolchmesser, bedroht. Als er aber Widerstand fand, griff er wieder zu seiner Feuerwaffe und feuerte erneut zwei Schüsse und später noch einen in Richtung der Gruppe. Dabei traf er den Schubert an einem Auge und am Gesäß.

Bei der Untersuchung des Falles im April weist Herzog die Beschuldigung des Schießens hartnäckig zurück und bringt jetzt den nun Angeklagten Schlegelmilch ins Spiel. Dieser habe geschossen. Der behauptete mit gleicher Entschiedenheit das Gegenteil. Das Gericht hat es nicht leicht! Jetzt wird also gegen Herzog Anklage erhoben. Doch nun nimmt besagter Schlegelmilch seine Angaben plötzlich zurück und erklärt, er selbst habe alle Schüsse abgegeben. Er habe nur die Unwahrheit gesagt, weil er gehofft habe, Herzog und Gladitz würden sich rechtzeitig noch aus dem Staube machen und so die Untersuchung gegen ihn vereiteln. Sämtliche übrigen Zeugen sagen aber übereinstimmend aus, dass Herzog allein geschossen habe und der Schlegelmilch, der außerdem mit der Schwester des Herzogs ein Verhältnis unterhält, gar nicht in Frage kommen könnte! Das Gericht versucht aus dem Dilemma zu kommen. Schlegelmilch wird zunächst uneidlich befragt und dann aufs eindringlichste vor den Folgen eines Meineides gewarnt. Trotzdem bleibt er bei seiner Aussage, er habe geschossen und wünscht sogar vereidigt zu werden. Als das geschehen, verhaftet man ihn wegen Meineidsverdachtes und erhebt Klage wegen wissentlichem Meineid. Schlegelmilch bleibt jedoch weiter bei seinen Aussagen und schildert den Vorgang nun so in den Einzelheiten. Herzog und Gladitz hätten am Tage nach dem Vorfall in die Fremde gewollt und ihn deshalb zu einer Abschiedsfeier eingeladen, wobei 39 Liter Bier bereitgestellt worden seien. Es sei tüchtig getrunken worden und einmal sei er in den Hof herunter gegangen und habe dummerweise aus seinem Revolver zwei blinde Schüsse in die Luft abgegeben. Er sei wohl doch schon recht angeheitert gewesen. Herzog sei herbei gesprungen, um weiteres Schießen zu verhindern. Dabei sei aber ein weiterer Schuss gefallen. Bei dem zweiten Vorgang habe er Herzog in Gefahr geglaubt und habe zunächst zwei Schüsse in die Gruppe und dann noch einem hinter Herzog abgefeuert. Jetzt fängt nun auch Herzog an zu erzählen, dass er nicht geschossen habe. Später aber schränkt er wieder ein, so betrunken gewesen zu sein, dass er sich an nichts mehr erinnern könne! Na ja, offenbar die Wirkung der 39 Liter Bier!

Inzwischen ist es nachmittags 2 Uhr geworden und das erschöpfte Gericht legt zunächst eine 3-stündige Mittagspause ein. Dann aber beendet man kurzerhand die Beweisaufnahme, man ist überzeugt, dass Schlegelmilch des Meineides schuldig ist und die Geschworenen bejahen folgerichtig die Frage nach wissentlichem Meineid bei Rudolf Schlegelmilch, sodass der Gerichtshof eine Zuchthausstrafe von einem Jahr und dauernde Unfähigkeit, als Zeuge oder Sachverständiger vernommen zu werden, ausspricht. Herzog aber wird endlich wegen wiederholter Körperverletzung angeklagt. Ihn trifft eine nicht unerhebliche Strafe in einem gesonderten Verfahren am Meininger Schwurgericht.

Brutaler Mord an einer jungen Magd blieb ungesühnt

Das „Henneberger Kreisblatt“ - das amtliche Organ des damaligen Kreises Schleusingen - berichtete am 23. Juni des Jahres 1836 in einer Mitteilung von einer „schauderhaften und in unserem Kreise gottlob kaum bekannten Greuel- und Mordtat, die in der Nacht vom 19. zum 20. Juni des Monats verübt worden ist“.

Zu dieser Zeit amtierte der Förster Siegfried in dem so genannten Zollhause, das war das zwischen Schleusingen und Kloster Veßra ganz einzeln gelegene königliche Forsthaus. Am Morgen des 20. Juni nun stellte der Förster zu seiner Verwunderung fest, dass sich seine Hunde ganz unüblicherweise außerhalb des Gehöftes befanden und dort umherjagten. Außerdem fand er, was noch auffälliger war, dass die Hoftür offen stand, wo doch diese wie immer am Abend vorher gut verschlossen worden war. Also ging er nachsehen und fand zu seinem Erschrecken, nicht weit vom Hoftor entfernt, sein Dienstmädchen ganz offensichtlich leblos liegen und wie er gleich feststellen musste, war Barbara Weißbrod, 23 Jahre alt und aus Gerhardtsgereuth stammend, tot. Sie war erschlagen worden. Der Förster sah sofort, dass jede Hilfe zu spät kam und alarmierte unverzüglich die Polizeibehörde, die alsbald mit Gerichts- und Medizinalpersonal zur Stelle war und es ergab sich bei der vorgenommenen Sektion, dass bei der ermordeten jungen Frau durch offensichtlich furchtbare Schläge die gesamte Hirnschale, vor allem das Hinterteil völlig zerschmet-

tert worden war. Die Art dieser Verletzungen ließen den Schluss zu, dass zur Tat wohl die stumpfe Seite einer Axt benutzt worden war und die tödlichen Schläge sie in gebückter Stellung erreicht haben mussten. Zudem stellte man fest, dass die Tote im 2. Monat schwanger war, weswegen man somit von einem Doppelmord sprechen konnte. Also ein unseliges Liebesverhältnis oder vielleicht auch eine Tat aus Eifersucht? Es ergab sich zudem, dass die Frau in dieser Nacht nicht ihr Bett aufgesucht hatte. Es war unbenutzt und auch sonst wurde in ihrer Kammer alles ordentlich aufgeräumt ohne jegliche Hinweise auf die Tat vorgefunden.
Wie üblich begannen ausgiebige Ermittlungen und man hoffte, den Täter alsbald festnehmen zu können. Das war damals in der Regel auch der Fall, insbesondere bei einem so schwerwiegendem Verbrechen, wobei sich immer stets die Nachbarn, Bekannten, überhaupt die Einwohner der umliegenden Orte rege mit Hinweisen und Wahrnehmungen beteiligten. Leider in diesem Falle absolut erfolglos. Das Jahr 1836 verstrich ebenso wie das Jahr 1837, ohne dass der geringste Anhaltspunkt gefunden werden konnte, die Ermittlungen wurden offensichtlich schließlich eingestellt. Die Tat blieb ungesühnt – der Mörder der jungen Frau blieb straffrei.

Schulbubenraubzug mit ominöser Beute

Dem Schulbuben Hermann B. sollte am 26. Februar 1881 der Prozess in Sachen eines Diebstahls gemacht werden. Allerdings ist er nicht zur festgesetzten Zeit am Landgericht Meiningen erschienen. Folglich wird zunächst auf Antrag des Staatsanwaltes ein Haftbefehl gegen ihn erlassen und der neue Termin für den 12. März festgelegt.
An diesem Tag nun ist der Angeklagte unter Polizeibedeckung verfügbar. Man stellt fest, dass er im nächsten Monat immerhin schon das 13. Lebensjahr vollendet hat und sich bettelnd in der Gegend aufhält. Zu seinen Familienverhältnissen schweigt die damalige Berichterstattung – leider. Auf seiner Wanderung kam er nun auch nach Springstille, wo er bei einem dortigen Einwohner übernachtete. Als er sich dann am folgenden Morgen verabschiedete, vergaß er jedoch seinen Leibriemen mitzunehmen. Er kehrte deshalb nach einigen Tagen noch mal dorthin zurück, fand aber die Tür des Hauses verschlossen und glaubte deshalb eine günstige Gelegenheit vorzufinden, so mal dies und das an sich zu nehmen. Er stieg also durch ein halboffenes Fenster ein, erbeutete ein Messer, einen Vogelbauer und fand schließlich noch Gefallen an zwei Hühnereiern, die er anschließend sofort mit seinem Bruder verzehrte. Leider

war der Raubzug nicht unbeobachtet geblieben, Nachbarn waren wachsam gewesen und so konnte man die übrigen Gegenstände alsbald dem rechtmäßigen Eigentümer wieder zuführen und Hermann B. landete vor der Strafkammer II des Landgerichts Meiningen.
Er ist dort in allen Punkten geständig und der Staatsanwalt beantragt schließlich mit Rücksicht auf die große Jugend und den doch auch recht geringen Wert der entwendeten Objekte eine 3-tägige Gefängnisstrafe, wogegen auch der Offizialverteidiger nichts einzuwenden hat. Der Hohe Gerichtshof aber ist anderer Meinung und glaubt ein Exempel statuieren zu müssen: Eine Woche Gefängnis ist die verhängte Strafe, wobei man noch großherzig von einer Verfolgung des Nahrungsmitteldiebstahls – die zwei Eier – absieht!

Mildernde Umstände wegen schlechter Erziehung

Früh am Morgen des 29. Januar 1881 beginnt an der Strafkammer II des Meininger Landgerichts die Untersuchungssache gegen den Schüler Friedrich Adolf Hradeck und den Jugendlichen Friedrich Louis Leopold, beide aus Schleusingen, wegen Diebstahl und Sachbeschädigung. Der erste Angeklagte ist gerade mal 12, der zweite immerhin schon 16 Jahre alt. Die beiden werden also beschuldigt in Schleusingen und Umgebung eine ganze Anzahl von Diebstählen und Sachbeschädigungen in Gebäuden und auch unverschlossenen Räumen ausgeführt zuhaben, teils gemeinsam, teils einzeln und teils sogar mit Hilfe jüngerer Geschwister und anderen namens bekannten Kindern, Mädchen wie Jungen. Dabei war man nicht wählerisch in den Mitteln: Einbruch, Einsteigen und Aufbrechen sind nachzuweisen und das wird auch zugegeben. Die beiden schildern dem Hohen Gericht allerdings ihre Familienverhältnisse in den trübsten Farben. Insbesondere sagt der Leopold aus, er habe einen ganz schlechten Vater, der oft betrunken sei und dann nur Schläge für ihn übrig habe. Oft habe ihn der Vater einfach hinausgeworfen und nicht im Hause schlafen lassen. Dem jüngeren ist es wohl recht ähnlich ergangen, so führten die beiden eine Art Räuberleben und schlugen ihr Nachtlager meist im Garten eines Herrn Edgar Hoffmann unter einer Treppe auf.
Dort bewahrten sie auch ihre Diebesbeute auf. Insgesamt stehen in der Verhandlung 15 Fälle zur Besprechung an. Darunter etwa die Sache vom Juli 1880. Da wurden auf dem israelitischen Friedhof 23 Grabmale umgeworfen und zum Teil arg beschädigt. Die Wiederherstellung kostete etwa 180 Mark. Oder man stieg ein andermal in den Garten des Fabrikbesitzers Schindler und dann durch ein Fenster in dessen Gartenhaus. Dort wurden Schreibsekretär

und Wandschränkchen mittels Hammer aufgesprengt und ein Pfeifenrohr, Bleikugeln, ein botanisches Besteck sowie Brot und Butter mitgenommen – Wert insgesamt 7 Mark. Ein ähnlicher Besuch galt dem Gartenhäuschen von Fräulein Köhler. Um hinein zugelangen legte man eine Stange an die Wand, stieg daran in die Höhe, deckte einige Ziegel ab und gelangte so erstmal auf den Dachboden. Dann suchte man nach Geld, fand aber nichts außer wieder eine Tabakspfeife und Tabak. Der Leopold konnte nicht umhin, sich die Pfeife sofort zu stopfen und anzustecken, während sich der Hradeck aus lauter Langeweile dranmachte etliches zu zertrümmern, darunter auch einen schönen großen Spiegel. Dann war auch einmal Herr Brauereibesitzer Ziegler an der Reihe, in dessen Bienenhaus die beiden einen Küchenschrank gewaltsam öffneten und daraus Honig, eine Rolle Bindfaden und einen Hammer entwendeten.

Weiter stahlen sie beim Gastwirt Nothnagel 70 Stück Heringe, beim Kaufmann Dierke zwei Kaninchen und so weiter und so weiter. Bei Leopold sind es alles in allem elf Delikte und bei Hradeck fünfzehn, die bei der späteren Urteilsfindung zu Buche schlagen. Der Herr Kantor Weinhaupt äußert dazu, dass die beiden bezüglich der Einsicht in die Strafbarkeit ihrer Handlungen recht gut wüssten, was „Recht" und „Unrecht", „Bös" oder „Gut" sei. Er habe sie in der Schule recht oft bestrafen müssen.
Auch der Staatsanwalt ist dieser Meinung, er bemerkt dazu unter anderem, das den beiden zwar zu Gute käme, dass sie das 18. Lebensjahr noch nicht erreicht hätten, aber sie seien sich eben der Strafbarkeit ihres Tuns wohl bewusst gewesen, der Leopold indes sei der Haupttäter, er habe den jüngeren wohl verführt. Er beantragt gegen den Leopold wegen der Diebstähle und Sachbeschädigungen eine Gefängnisstrafe von 1 Jahr und 6 Monaten und gegen den Hradeck ebenfalls 1 Jahr und 6 Monate Gefängnis, der sei zwar milder zu beurteilen, habe aber bedeutend mehr Diebstähle ausgeführt. Der Offizialverteidiger des Leopold hält diesen Antrag für durchaus richtig, während derjenige des Hradeck darauf hinweist, das sein Klient gerade mal 12 geworden sei und einige Wochen früher gar nicht strafrechtlich zu verfolgen gewesen wäre. Diese außerordentliche Jugend bitte er bei der Strafzumessung zu berücksichtigen und auch das der Junge ja schon 4 Monate in Untersuchungshaft sitze.
Das Gericht gewährt im Beschluss beiden Angeklagten mildernde Umstände, begründet im geringen Wert der entwendeten Gegenstände und der schlechten Erziehung.
Friedrich Louis Leopold wird mit 1 Jahr und 8 Monaten und Friedrich Adolf Hradeck mit 13 Monaten Gefängnis bestraft. Die Untersuchungshaft wird nicht angerechnet.

Zwei Monate Gefängnis wegen 11 Mark und 14 Eiern

Die Verhandlung findet statt am 2. März 1881 vor der Strafkammer II des Meininger Landgerichts gegen Carl Huhn und Genosse aus Christes, einem Örtchen mitten im Walde zwischen Schmalkalden und Meiningen gelegen, wegen schweren und mehrfachen einfachen Diebstahl. Eine Sache wie manche andere, ja, nur der Angeklagte Carl Huhn ist eben erst 13 Jahre alt geworden. Mit ihm auf der Anklagebank sein Bruder Valentin. Hier dazu einmal zwei Beispiele ihres strafbaren Wirkens. Die beiden Brüder verkehrten oft beim Krämer Reps in Christes und bemerkten dabei, dass der Reps sein Geld in einem Kästchen aufbewahrte, das er immer auf einen Schrank in der Nähe

des Fensters stellte. Diese Feststellung brachte die beiden Knaben auf den unseriösen Gedanken, sich dieser Konstellation einmal etwas intensiver zu widmen. Sie legten von außen eine Leiter ans Haus des Krämers, der Valentin ging in den Laden um Zucker zu kaufen, um den Krämer zu beschäftigen und während dessen stieg der Carl eilends die Leiter empor, öffnete das Schiebefenster soweit, dass er mit dem Oberkörper hindurch konnte. Mit einem Knie auf dem inneren Fensterbrett und mit einer Hand abgestützt, konnte er jetzt mit der anderen Hand die Kassette und das Geld erreichen. 11 Mark waren seine Beute, die die beiden redlich teilten. Ein andermal waren Eier aus Nachbarhäusern die Beute Carls, einmal 2 und dann sogar 12 Stück. Die Eier verkauften die beiden, der Erlös wurde wieder geteilt. Vorm Hohen Gericht sind die beiden geständig, legen die größte Reue an den Tag und beteuern wiederholt unter Weinen, nie wieder so etwas begehen zu wollen. Der Herr Staatsanwalt führt dazu aus, dass allerdings in der Sache des Geldes schon ein schwerer Diebstahl vorliege, denn wenn auch der Angeklagte Carl sich nicht komplett im Inneren der Stube befunden habe, so sei aber doch der Schwerpunkt des Körpers desselben drin gewesen. In Berücksichtigung der Jugend beantragt er lediglich eine 17-tägige Gefängnisstrafe, für den Valentin aber 2 Monate Gefängnis, den hält er nämlich für den eigentlichen Anstifter. Der Verteidiger des Carl Huhn, Justizrat Helmershausen, bestreitet hingegen heftig, dass bei der Geldsache ein schwerer Diebstahl vorgelegen habe und hält eine Strafe von nur wenigen Tagen für völlig ausreichend. Das Gericht schließt sich jedoch letztlich der Meinung des Staatsanwaltes an. Beide Jungen sind schuldig des schweren und einfachen Diebstahls sowie Hehlerei – die verkauften Eier! – unter mildernden Umständen. Carl wird verurteilt zu 3 Wochen und Valentin zu 2 Monaten Gefängnis und Tragung der Kosten.
Im Jahre 1906 richtet der damalige Preußische Innenminister, Dr. von Bethmann-Hollweg, der spätere Reichskanzler, einen Erlass an die Polizeibehörden, die Haftstrafen für Kinder möglichst in Geldstrafen umzuwandeln und die Geldstrafen nötigenfalls in Raten einzutreiben oder in tatsächlichen Unvermögensfalle ganz zu erlassen. Es hatte sich nämlich herausgestellt, dass ins Gefängnis gebrachte Kinder ihren Schrecken vor dieser Institution meistens völlig verlieren und in der Folge dann viel leichter wieder straffällig werden. Der Minister brachte damals noch die Hoffnung zum Ausdruck, dass auch die anderen deutschen Bundesstaaten dies übernehmen würden.

Der Schwiegermuttermord

In dem Walddörfchen Schnellbach nahe Schmalkalden lebt 1904 im kleinen eigenen Häuschen der Holzhauer Ritzmann zusammen mit seiner Ehefrau Katharina Maria. Bei den alten Leuten im Hause wohnen ebenfalls, seit ihrer Hochzeit im Jahre 1900 noch der Sohn, ebenfalls Holzhauer, mit seiner Angetrauten. Dazu ist im Ort schon bekannt, dass Schwiegertochter und Schwiegermutter bei weitem nicht ein Herz und eine Seele sind, sondern schon ziemlich heftig uneins. Am 16. Oktober des Jahres 1904 kommt nun früh am Morgen Ernestine Ritzmann, eben die Schwiegertochter, ziemlich atemlos zu den Nachbarn gelaufen und berichtet den Überraschten, dass sich ihre Schwiegermutter erhängt habe. Die Nachbarn, verstärkt durch Gendarm und Ortspolizeibehörde, finden tatsächlich die alte Frau tot auf der Kellertreppe mit blutigen klaffenden Wunden am Kopf und einem dünnen Strick um den Hals. Erhängt!? Das glaubt alsbald niemand mehr. Man hält ein Verbrechen für höchstwahrscheinlich und die Sektion der Leiche ergibt dann auch, dass der Tod durch Hiebe mit einem scharfen Instrument, wodurch die Schädeldecke zertrümmert wurde, eingetreten ist und nicht durch Erhängen (ein solches Instrument ist aber trotz eingehender Suche nicht gefunden worden). Man forscht also nach, insbesondere im Ort und es gibt die Aussage eines Schulkindes, das gesehen haben will, wie die Frau Ritzmann von ihrer Schwiegertochter mit einem Beil, das wäre also das scharfe Instrument, geschlagen worden sei. Man verhaftet darauf sofort die Schwiegertochter Ernestine, die allerdings jede Schuld heftig von sich weist und die Kopfwunden an der Toten und das an verschiedene Stellen im Keller vorgefundene Blut mit dem Todeskampf bei der Strangulation erklärt. Und die Blutflecken an den eigenen Kleidern? Ja, sie habe doch der Schwiegermutter noch zu helfen versucht, ehe sie erkannte, dass diese schon tot war. Nebenher kommt es sogar noch zu Tätlichkeiten gegen den jungen Ehemann der Ernestine. Die Holzhauer kamen ja nicht jeden Abend nach Hause, wenn der Forstort, an dem sie tätig waren weiter entfernt lag oder wenn sie wie in diesem Falle als Köhler arbeiteten. Man hatte den jungen Mann also zurückgeholt und warf ihm schließlich in der Gastwirtschaft vor, ein so liederliches und schlecht wirtschaftendes Weib, wie die Ernestine, geheiratet zu haben. Der arme Kerl erhielt dabei derartige Schläge, dass er mit großen Platzwunden am Kopf sich in ärztliche Behandlung begeben musste. Tatsächlich hatte die Ernestine einen schlechten Leumund im Orte, während die vermutlich Ermordete als eine fleißige und ordentliche Frau galt, die sich andererseits aber hatte auch nicht enthalten können, sich über die Putzsucht und

den ungerechtfertigten Aufwand der Schwiegertochter zu äußern, sie wollte sogar schon giftige Schwefelholzkuppen in ihrer Suppe gefunden haben, also wie schon angedeutet, das Verhältnis der beiden Frauen war nicht das beste gewesen. Aber die Schwiegertochter Ernestine ist nicht zu einem Geständnis zu bewegen und Gendarm Rettig überführt sie schließlich wegen dringenden Verdachtes am 1. November ins Meininger Landgerichtsgefängnis und am 17. Februar des folgenden Jahres findet bei vollbesetzten Zuschauerraum die Verhandlung vor dem Schwurgericht statt. Ernestine Ritzmann ist zu diesem Zeitpunkt gut 25 Jahre alt und Mutter von zwei Kindern. Man legt ihr also zur Last, ihre Schwiegermutter tödlich verletzt zu haben und um die Tat von sich abzuwälzen, ihr einen Strick um den Hals gelegt zu haben. Ein Tatwerkzeug, wie schon bemerkt, ist aber nirgends entdeckt worden. Auch jetzt reagiert die Angeklagte nicht auf die eindringliche Mahnung des Vorsitzenden, der Wahrheit die Ehre zu geben und ein Geständnis abzulegen, wenn sie sich schuldig fühle. Sie hat wieder für alles eine Erklärung und weist jede Schuld von sich. Die Verhandlung erstreckt sich infolge der Vernehmung zahlreicher Zeugen bis in den späten Nachmittag und endet schließlich im Spruch auf schuldig der Körperverletzung mit nachfolgendem Tode. Das Urteil des Hohen Gerichtshofes lautet auf 4 Jahre Gefängnis, wovon 2 Monate auf die Untersuchungshaft angerechtet werden. Die Angeklagte zeigte sich zutiefst erschüttert und behauptet nach wie vor völlig unschuldig zu sein.

Mord am Ort des ewigen Friedens

Am 13. April des Jahres 1905 gab es in Schalkau eine Schöffengerichtsverhandlung gegen sieben junge Leute unter ihnen ein gewisser Edwin G. aus Effelder bei Sonneberg, Maurergeselle und 28 Jahre alt. Es ist nicht überliefert, wobei es dabei eigentlich ging. Das Urteil kann aber nicht sehr hart ausgefallen sein, denn auf dem Heimweg, so der Bericht in der Suhler „Henneberger Zeitung" weiter, kehrten die Verurteilten im Fischer'schen Gasthaus ein und der Bruder des Edwin G., Theodor G., auch Maurergeselle, der als Zeuge vernommen worden war, gesellt sich mit seinem Vater dazu. Die Gäste in der Wirtschaft fingen nun an, immer hitziger werdend, Bier gab's schließlich im Lokal genügend, die Verurteilten, die Schöffengerichtsverhandlung und die Zeugen und deren Aussagen lautstark zu kritisieren. Der alte G., ziemlich stark angetrunken, ließ sich dabei schließlich wohl auch zu sehr zu beleidigenden Worten hinreißen. Der verurteilte Edwin wollte sich nun mit seinem Vater aus dem Lokal entfernen. Doch man packte ihn und versuchte ihn zurück zu halten. Endlich, nach einem ziemlichen Gerangel, entkommt er seinen Verfolgern auf die Straße. Dort erreicht man ihn aber wieder und er wird alsbald niedergeschlagen. Edwin G. versucht sich, furchtbar getreten und blutig geschlagen, zu wehren und fängt an, mit einem Messer um sich zu stechen. Dabei erwischt es einen seiner Peiniger, Edwin D. so gefährlich, dass dieser zusammenbricht und wenig später, wohl an der Verletzung stirbt.
Edwin G. sitzt nun am 6. Oktober des gleichen Jahres auf der Anklagebank des Schwurgerichts Meiningen, beschuldigt des Totschlags begangen an Edwin D. Mit ihm ist sein Bruder Theodor G., ihm wird vorgeworfen, den getöteten Edwin D. während der Messerstecherei festgehalten zu haben. Theodor G. sagt dazu vor dem Gericht aus, dass er auf die Hilferufe seines Bruders hinausgeeilt sei, dort hätte er auch sofort Schläge vom D. erhalten und sei deshalb ohne sich um den weiteren Verlauf zu kümmern, mit seinem Vater nach Hause gegangen. Edwin G., der sich tags nach der unglückseligen Nacht, als er er-

fuhr, dass der D. nicht mehr am Leben war, dem Gericht gestellt hatte, erklärt, dass er den D. nicht wirklich habe verletzen und am wenigsten töten wollen, sondern eben nur versucht habe, sich zu wehren. Das Gericht befragt 15 Zeugen zum Tathergang, die zwar die beiden G. schon etwas mehr belasten, den getöteten D. jedoch trotzdem als einen Hauptbeteiligten erklären, der wohl an der Rauferei auch ursächlich beteiligt war. Die Sachverständigen bescheinigen, dass die Stiche, denen der D. schließlich erlag, mit ungeheurer Wucht geführt worden sein müssen. Seine 4 mm dicke Schädeldecke wurde glatt durchbohrt, sodass die Klinge noch ein ganzes Stück ins Gehirn eindrang. Die eigentliche Todesursache seien aber die Verletzungen am Hals gewesen, die die so genannte Schilddrüsenschlagader durchtrennten. Es gibt aber auch Zeugen, die bestätigen, dass die beiden Angeklagten G. auch ihrerseits erheblich misshandelt worden sind, Edwin G. trug sogar recht blutige Blessuren davon. Gegen 6 Uhr abends beendet man die Beweisaufnahme und setzt am folgenden Tag die Verhandlung zunächst mit dem Plädoyer des Staatsanwaltes fort. Dieser schildert mit einleitenden Worten zunächst das Dorf Effelder als einen für den „ewigen Frieden geweihten Ort“, da hier der Dichter Rückert längere Zeit verweilte und ein Liebesidyll mit der Pfarrerstochter hatte. Effelder sei lange eine Stätte des Friedens gewesen, jetzt an die Stätte der verrufensten Orte getreten sei, so der Staatsanwalt weiter. Die Schuld dafür will er allerdings zur Stunde auch nicht untersuchen. Er beantragt den Angeklagten Edwin G. des Totschlags ohne mildernde Umstände für schuldig zu erklären. Für „Messerhelden“ könne es keine Milde geben! Für den Theodor G. überlässt er es dem Gericht, ebenfalls im Sinne seiner Anklage zu entscheiden. Beide Verteidiger hingegen sehen gute Gründe für die Gewährung mildernder Umstände gegeben, da die Rauferei nicht ungefährlich auch für die Angeklagten gewesen und Handlung im Affekt durchaus anzunehmen sei.
Gegen 12 Uhr verkündet der Obmann der Geschworenen den Wahrspruch auf schuldig im Sinne der Anklage des Staatsanwaltes ohne mildernde Umstände. Der Staatsanwalt hat nunmehr erneut das Wort und beantragt für Edwin G. 8 Jahre Zuchthaus unter Anrechnung von 2 Monaten Untersuchungshaft und 10-jährigen Ehrverlust und für Theodor G. 3 Monate Gefängnis.
Die Verteidiger halten mit erheblich milderem Strafmaß dagegen. Das endgültige Urteil des Gerichts lautet dann für Edwin G. auf 5 Jahre, 3 Monate Zuchthaus und für Theodor G. 3 Monate Gefängnis. Zudem haben die Angeklagten die Kosten des Verfahrens zu tragen.

Grauenhaftes aus Walschleben

Walschleben ist eine kleine Landgemeinde in der Nähe von Erfurt, zirka 12-15 km ist es bis zur Stadt und das Leben geht dort recht geruhsam seinen Gang. Umso größer ist die Aufregung Anfang April des Jahres 1886 über einen grauenhaften Vorfall, der sich in der Nacht zum Sonnabend, dem 10. des Monats, zugetragen hat. Der Landwirt Ludwig Taubert hat versucht seinen 23 Jahre alten Stiefsohn, den Landwirt Oskar Baumgart, zu erhängen. Die Sache hat sich den Ermittlungen nach so zugetragen: Am Sonnabendabend saß Taubert mitsamt dem Stiefsohn in der dörflichen Schenke. Zeugen nach begegneten sich beide recht freundschaftlich und der Taubert trank seinem Verwandten recht wacker immer wieder zu. Dabei soll dieser, nicht ahnend, welch furchtbarer Entschluss bereits in der Seele seines Stiefvaters wurzelte, öfter Bescheid getan haben, als ihm gut tat. Jedenfalls versank er, als er endlich unter Schwierigkeiten seine Wohnung wieder erreicht hatte, unter der Wirkung des reichlichen Biergenusses alsbald in einen tiefen Schlaf. So fest und anhaltend schlief er, dass er von allem, was sich nun unter dem Schleier der Nacht ereignete, nichts hörte und nichts sah. Anderenfalls würde er wohl gemerkt haben, wie ein dunkler Schatten am Fenster seiner im Parterre gelegenen Kammer erschien, wie das Fenster geräuschlos geöffnet wurde, wie eine schwarze Gestalt ins Zimmer schlich, wie ein Mann sich leisen Schrittes auf das Bett, auf den Schlafenden zu bewegte. Taubert, denn dieser war der nächtliche Gast, vermochte es, unbemerkt und geschickt seinem Opfer eine lange Schlinge um den Hals zu legen, worauf er auf demselben Wege in derselben geheimnisvollen Weise, wie er gekommen war, wieder verschwand. Plötzlich erwachte der Schlafende an heftigen Rucken, der Stiefvater versuchte von außen die Schlinge zuzuziehen! Erschrocken richtete er sich auf, da zog sich auch schon die Schlinge um seinen Hals vollends zusammen und eine kräftige Hand zog seinen Körper langsam aus dem Bett und sogar durch das geöffnete Fenster auf den Hof. Wie ermittelt werden konnte, hat der Taubert die Absicht gehabt, sein Opfer in die der Kammer gegenüberliegenden Scheune zu zerren und dort regelrecht aufzuknüpfen, um den Anschein des Selbstmordes zu erwecken. Das Opfer jedoch vermochte es, sich am Rad eines Wagens im Hof fest zuklammern. Dies zwang Taubert für einen Augenblick die Leine loszulassen. Dadurch aber löste sich die Schlinge, der Stiefsohn konnte schreien und rasch einige Hilferufe ausstoßen, die glücklicherweise in das Ohr des Nachtwächters und einigen anderen Personen gelangten. Man befreite Baumgart aus seiner entsetzlichen Lage. Taubert hatte sich inzwischen aus dem Staube gemacht, konnte aber noch in selbiger Nacht ergriffen werden, denn Baumgart hatte ihn erkannt. Er wurde verhaftet und in Erfurt seiner Strafe zugeführt. Das Motiv der Tat soll eine größere Geldsumme gewesen sein, die der Taubert bei seinem Stiefsohn vermutete.

Das bedauernswerte Walschleben sollte weiteres dieser Art erleben. Im Jahre 1906 wurde dort erneut ein schweres Verbrechen verübt und zwar am Abend des 17. Juni. Die Ehefrau des dortigen Landwirtes Möller lebte seit einiger Zeit mit ihrem Mann in heftigem Unfrieden. Sie gab ihm wohl berechtigten Grund zum Verdacht, es mit der ehelichen Treue nicht sehr genau zu nehmen. Es kam dieserhalben zwischen den Eheleuten öfters zu ziemlichen Auftritten,

bei denen die Mutter des Möller, wenn sie zugegen war und sie war es meistens, lebhaft die Partei des Sohnes ergriff. Dafür hatte nun wohl Frau Möller ihrer Schwiegermutter furchtbare Rache geschworen. In einem günstigen Augenblick überfiel sie an dem genannten Abend auf dem Hofe die alte Frau und warf sie kurzerhand in den dort befindlichen Brunnen mit dem offenkundigen Vorsatz, sie zu ertränken. Der alten Möller aber gelang es, sich gegen die Wände des verhältnismäßig engen Brunnens zu stemmen und so wenigstens ihren Kopf über Wasser zu halten. Die Schwiegertochter, das sehend, holt nun flugs eine Hacke und schlug in bestialischer Weise auf die mit dem Tode ringende Frau ein, um sie endlich endgültig unter Wasser zu bringen und ihren Tod herbei zu führen. Die verzweifelten Hilferufe der Alten alarmierten jetzt doch die Nachbarn, die sie befreiten und dem Treiben ein Ende bereiteten.
Die Täterin war nach vollbrachter Tat unbeachtet von den Nachbarn in ihre Wohnung gegangen, wohl in der bestimmten Annahme, dass ihr Opfer im Brunnen doch sein Ende gefunden habe.
Die alte Frau Möller war aber noch bei Bewusstsein und konnte eine genaue Schilderung der abscheulichen Tat und Auskunft über die Person der Täterin geben. Dieser blieb unter diesen Umständen nichts anderes übrig, als die Tat zu gestehen. Sie wurde verhaftet und einem Gerichtsverfahren in Erfurt zugeführt.

Das Ende eines Postraubes

Eigentlich von Beruf Buchbinder, war W. Inhaber eines Galanteriewarengeschäftes in Würzburg bei Lobenstein, beschäftigte sich nebenbei natürlich auch mit Buchbindearbeiten und nahm zugleich auch die Verwaltung einer Postagentur wahr. Diese recht vielfältigen Geschäfte sicherten ihm selbst und seiner Familie, bestehend aus Frau und drei Kindern, das älteste 7 Jahre, ein zwar nicht sehr hohes, aber doch ausreichendes Einkommen. Er aber wollte weiter und baute alsbald ein für diese Verhältnisse viel zu teures Haus. Offenbar hatte W. dabei mit finanzieller Unterstützung seiner und seiner Frau Verwandten gerechnet - fest zugesagt oder nicht – das war dann ohne Belang. Die vielleicht zugesagten Mittel blieben jedenfalls aus und W. gerät mehr und mehr in Schulden. Und nun beginnt sein Vergehen, denn zur Deckung der Defizite greift er Postgelder an, unterschlägt Posteinzahlungen und Geldbriefe, fälscht die Postbücher und Postanweisungen und vertuscht bei drohender Entdeckung die alten durch neue Unterschlagungen. Die Sache fängt aber schließlich an, doch ruchbar zu werden. Eine Revision durch die Postbehörde

steht ihm jeden Tag bevor. In dieser Situation reift in ihm Anfang August 1881 der Entschluss, sich der bevorstehenden Schande durch Selbstmord zu entziehen. In der Not offenbart er sich sogar seiner Frau, die ist entsetzt und es gelingt ihr, ihn von dem verhängnisvollen Vorhaben abzubringen. Wie sollte die Familie auch ohne ihn auskommen. Sie stünde dann gänzlich ohne die Möglichkeit eines Unterhaltes da. Indes wird schließlich am 23. August des Jahres die Postrevision mit Bestimmtheit erwartet. Ein letzter Versuch W.'s sich Geld von seinem Vater zu beschaffen, endet ergebnislos. Dabei wäre selbst damit der drohenden Untersuchung und der Strafe wegen der mannigfachen Vergehen nicht zu entkommen gewesen. W. weiß das auch wohl selbst, seine Verzweiflung wird übermächtig und er beschließt erneut durch Selbstvernichtung dem Verhängnis zu entgehen. Diesmal stimmt ihm seine Frau zu. Sie ist nur nicht gewillt, auch die Kinder in den grausamen Entschluss einzubeziehen. Sie macht geltend, dass sie gute und wohlhabende Verwandte hätten, diese würden sich doch der Waisen annehmen.
W. holt aus seinem Ladengeschäft einen sechsläufigen Revolver mit Patronen. Die Frau setzt sich auf ihrem Bett in der Schlafkammer zurecht, öffnet die Kleidung über der Brust und bittet ihren Mann doch recht genau nach dem Herzen zu zielen. Alle sechs Läufe des Revolvers versagen jedoch. Der Mann eilt fort, um einen weiteren Revolver zu holen. Die Frau indes schickt immer wieder die verwunderten Kinder ins Freie zum Spielen hinaus. Endlich ist der Mann wieder da. Der erste Schuss wieder ein Versager, der zweite und dritte ebenso. Die Frau erwartet geduldig ihren Tod. Der vierte Lauf zündet endlich, trifft ihr Herz. Sie fällt sofort tödlich getroffen auf ihr Bett zurück. Nun richtet der Mann die Waffe gegen sich selbst. Auch die weiteren Schüsse versagen jetzt ebenso wie die drei ersten! In wahnsinniger Angst und Verzweiflung angesichts seiner toten Gattin greift er jetzt zu seinem Taschenmesser und stößt es sich zweimal bis zum Heft in die Brust. Auch das ist vergeblich. Die Wunden sind zwar erheblich, jedoch nicht tödlich. Schließlich auf den Lärm der Kinder hin in das verschlossene Schlafzimmer eindringende Nachbarn finden ihn blutend und bewusstlos neben der Leiche seiner Frau.
Die Sühne seiner Taten übernehmen letztendlich nun am 5. Dezember 1881 doch die irdischen Richter am Schwurgericht Gera. W. nimmt hier vorbehalten alle Schuld aus 64 Unterschlagungen und Urkundenfälschungen auf sich. Der Befund der Leiche seiner Frau, die Aussage der zuerst in das Schlafgemach eingedrungenen Zeugen und ein mit Bleistift geschriebener Brief der Frau, in dem sie mit führenden Worten von ihren Kindern und Verwandten Abschied nimmt und verschiedene Anordnungen für die Zukunft trifft, rechtfertigen die

Annahme, dass der Angeklagte sich durch ausdrückliches und ernstes Verlangen sich zu ihrer Tötung hatte bestimmen lassen. W. wird zu einer Gesamtstrafe von 12 Jahren verurteilt.
Die Suhler „Henneberger Zeitung“ beschließt ihre seinerzeit ausführliche Berichterstattung dazu mit der Feststellung, der Fall liefere eine grauenvolle Charakteristik der herrschenden modernen Zustände!

Der Lustmord bei Eisenberg

Seit dem dritten Osterfeiertag vermisste man in Eisenberg, einem kleinen Städtchen heute an der Autobahn A9 gelegen, die gerade 10 Jahre alte Gertrud F., ein hübsches und aufgeschlossenes Mädchen. Leute hatten sie zusammen mit einem ungekannten Manne in Richtung Wald gehend gesehen. Erst nach langem Suchen entdeckte man die Kleine dann auch in dieser Gegend im Wald nahe der Stadt an der so genannten Mühltalswand oberhalb der Waldmühle. Im

Dickicht dort unter zusammengetragener loser Tannestreu verscharrt lag das Mädchen, nackt und tot, mit untergelegten Steinen vorm Abrutschen an dem steilen Hang gestützt. Die Untersuchung ergab sofort, dass der Täter das Mädchen vergewaltigt und dann mit einem Tuche erdrosselt hatte. Zudem hatte er ihr, vielleicht weil sie sich zur Wehr setzte, eine recht tiefe Wunde am Halse beigebracht. Es wurde auf Ergreifung des Täters eine Belohnung ausgesetzt und ein großer Apparat aufgeboten, den Mörder zu fangen. Motorradfahrer verteilten allein 600 Bekanntmachungen in den Landkreisen, sodass die Bevölkerung gut unterrichtet und sehr aufmerksam war. Zudem setzte man auch eine Belohnung von 500 Mark aus. Mit Erfolg, denn schon am Tage nach der Entdeckung der Toten gelang es, ihn in der Nähe von Jena unter dramatischen Umständen festzunehmen. Ein Mann war dort morgens gegen 9 Uhr zu einer Gruppe spielender Schulmädchen aus Nennsdorf, alle im Alter von 10 Jahren, getreten und hatte schließlich eins von ihnen, Marie H., aus ihrer Mitte gerissen und mit sich geschleppt in Richtung des nahen Waldes. Natürlich wussten die Schülerinnen von dem Vorfall bei Eisenberg, atemlos erreichten sie die Oßmaritzer Schule und der unterrichtende Kantor G. bot sofort alle Schuljungen zur Verfolgung auf und alarmierte unverzüglich das gesamte Dorf. Lehrer, Schüler und Bauern machten sich sofort auf und suchten im Sturmschritt den Wald ab. Bald fanden sie das Mädchen, fast nackt, mit einem Tuch geknebelt, eine Schlinge um den Hals und schon ganz schwarz im Gesicht. Kantor G. gelang es mit künstlicher Beatmung mühsam die bedauernswerte Kleine ins Leben zurückzurufen. Sie war allerdings bereits sexuell missbraucht und vergewaltigt worden. Inzwischen hatte man jedoch den auf der Flucht mehrmals gestürzten und im Gesicht arg zerschundenen Verbrecher dingfest gemacht. Dass die erregten Leute nicht sehr glimpflich mit dem Burschen umgingen, ist unter diesen Umständen wohl zu verstehen und Kantor G. sagte ihm auf den Kopf zu, dass der Eisenberger Mord doch auch sein Werk sei. Landespolizei und Kriminalamt wurden benachrichtigt und Oberregierungsrat T. übernahm die weitere Untersuchung des Falles. Ihm gestand der Verbrecher dann auch den Lustmord in Eisenberg. Der bei der Polizei bereits bekannte Mann stammte aus Jena, war von seiner Frau geschieden und führte seither ein unstetes Leben.

Der „Kartoffelwurstfall" zu Albrechts

In Albrechts, ein recht schön gelegenes Dörfchen in der Nähe von Suhl, bestand damals die durchaus schöne Sitte, dass am 3. Kirchweihtag und am

2. Neujahrstag gewisse Burschen von den Eltern ihrer Spinnstubenmädchen, zu deutsch ein wenig intimeren Freundinnen, Geschenke an Wurst, Kuchen und dergleichen nahrhaften Dingen entgegen gebracht wurden. Dabei gab es auch schon mal zwischen diesen schmackhaften Dingen auch eine so genannte „Rübenwurst", die aus einem Gemisch von Blut, Fleisch und vor allem Rübenstückchen bestand.
Am 30. Dezember 1908 schlachtete nun der 21-jährige Eisendreher und Hausschlächter Wilhelm J. bei der Fabrikantenehefrau Erna Wilhelmine B., beide von Albrechts, ein Schwein und fertigte dabei unter anderem im Einverständnis mit Frau B. auch einige solcher „falschen" Würste. Leider hatte aber Frau B. keine Rüben im Hause und so gab man einfach zerkleinerte gekochte Kartoffeln in die Wurst.
Die Würste wurden der Sitte gemäß alsbald an den Mann, sprich diverse Liebhaber der Dorfschönen, gebracht. Leider begann nun das Dilemma. Den jungen Männern wurde irgendwie übel nach dem Wurstgenuss, einer von ihnen starb sogar in wenigen Tagen! Die Folge war, dass Hausschlächter J. und Frau B. am 27. August 1909 vor den Schranken der Ferienstrafkammer des Meininger Schwurgerichts standen, angeklagt nach dem Reichsgesetz vom 14.5.1879 wegen Lebensmittelfälschung. Die Angeklagten gestehen auch sofort, die Urheber dieser „Kartoffelwürste" zu sein und erklären natürlich ebenso, diese an den Mann gebracht zu haben. Sie verwahrten sich aber energisch dagegen, unrechte Dinge wie etwa geronnenes, verdorbenes Blut oder gar Eisenfeilspäne, wie behauptet wurde, hineingemischt zu haben. Es sollte halt lediglich der Sitte des Scherzes Genüge getan werden. Die beiden vom Gericht hinzugezogenen Sachverständigen waren sich dazu auch darin einig, dass nach so kurzer Zeit zwischen der Herstellung und dem Genusse der Würste – vom 30.12. also bis 2.1. – eine gesundheitsschädliche Wirkung nicht aufgetreten sein könne, vorausgesetzt natürlich, dass die Würste tatsächlich aus den Ingredienzien bestanden, die die Angeklagten angaben. Etwas anderes war aber nicht nachzuweisen und ebenso auch nicht, dass der Todesfall auf die Wurst zurückzuführen sei. Beide Angeklagte wurden deshalb von Strafe und Kosten freigesprochen.

Der Schwiegervater als Dreikäsehoch

Am 9. November des Jahres 1887 tritt das Meininger Schwurgericht in eine Verhandlung wegen Verübung groben Unfuges. Angeklagt ist der Schuhmacher Ernst Heinrich M. aus Benshausen und es entrollt sich alsbald ein sehr

trauriges Familienbild. Seine Frau hatte ihn verlassen und nicht genug damit, sie soll auch noch ihre gesamte Familie gegen ihren Ehemann aufgehetzt haben. Der aber hatte versucht, die ungetreue Ehefrau zurück zu holen. Dazu hatte er sich am vergangenen 16. August gegen Abend 9 Uhr in die Wohnung seines Schwiegervaters begeben und damit eine Reihe von lautstarken verbalen Skandalszenen herbeigeführt, die sich bis auf die Straße fortpflanzten. Die Wortwechsel mit Schwiegervater und der auch nicht gerade lammfrommen 17-jährigen Schwägerin entbehrte nach Aussage der unfreiwilligen Zeugen aus der Nachbarschaft nicht nur Einzelheiten aus dem Eheleben des Schumachers, sondern: „Was tut denn der Pietsch da in unserem Haus!" und „Dreikäsehoch!" und ähnlich Schmeichelhaftes warf die junge Schwägerin ihrem in bedeutend reiferen Alter stehenden Schwager an den Hals. Bis dem, als ihm diese sogar bis auf die Straße nachkam und dort die Verbalinjurie sogar mit Intimitäten fortsetzte, endlich der Geduldsfaden riss und er das Mädchen handgreiflicher Weise über den guten Ton belehrte und zwar so nachdrücklich, dass sich die Gute plötzlich im Chausseegraben wieder fand. Und nun kommt die örtliche Polizeibehörde ins Spiel, die durch Lärm und Nachbarschaft inzwischen auf dem Plan erschienen war. 12 Mark wegen groben Unfugs verhängt sie ohne zu zögern gegen den Schuhmacher M. Dem aber erschien diese Strafe zu hoch und deshalb also jetzt die Verhandlung in Meiningen. Das Gericht hier erkennt an, dass M. wohl äußerst erregt aus dem Hause des Schwiegervaters gekommen ist und wenn er in dieser Verfassung dem mit einem solchen losen Mundwerk begabten Mädchen eine Züchtigung zuteil werden lässt, so ist das zwar nicht zu billigen, jedoch schon erklärlich. Ja, wenn nun aber das Mädchen eine Privatbeleidigungsklage gegen ihn angestrengt hätte, so wäre er, da er ja gereizt worden war, sicher freizusprechen gewesen. Im tatsächlichen Falle spielte der tumultartige Straßenauftritt die entscheidende Rolle, weil damit öffentliches Interesse durch Beunruhigung des Publikums verletzt wurde. Also musste eine Bestrafung erfolgen, die das Hohe Gericht aber nun auf Grund der Umstände auf Zahlung von 3 Mark ersatzweise 1 Tag Haft ermäßigt.

Totschlag, vorsätzlich, ohne Überlegung?

Fünf Angeklagte sitzen am 24. Oktober des Jahres 1898 auf der Anklagebank des Schwurgerichts Meiningen. Es sind der Schmied Christian Julius Fiebrich aus Gotha, eben daher der Schlächter Paul Postelt und die Handarbeiter Martin Andertz und Fritz Heller. Der ebenfalls angeklagte Handarbeiter Heinrich Frank, auch aus Gotha, ist nicht erschienen, aus gutem Grund. Er hat sich inzwischen entleibt.
Fiebrich ist geboren am 29. März 1876, evangelisch, verheiratet, Vater von drei Kindern und wegen Sachbeschädigung mit einer Woche vorbestraft. Postelt ist am 4. November 1876 geboren, evangelisch, ledig und wegen Unterschlagung mit auch einer Woche vorbestraft. Andertz ist nicht vorbestraft, bereits 1865 geboren, katholisch, verheiratet und Vater eines Kindes. Heller ist ebenfalls noch unbestraft, 1861 geboren, verheiratet und hat drei Kinder. Frank war 41 Jahre alt und hinterlässt Frau und drei Kinder. Also alles junge Männer, die das Leben noch vor sich haben.
Jetzt werden sie beschuldigt, am 3. September 1898, mittags, in Gotha im Hof der Schwerspatmühle von Henkel & Zülch ihren Kollegen, den Handar-

beiter Ernst Blaß vorsätzlich, jedoch ohne Überlegung getötet zu haben – ein durchaus ernster Vorwurf. Die Angeklagten waren alle in der Schwerspatmühle beschäftigt und, das muss festgestellt werden, ihrem Opfer wohl nie sehr gewogen. Er hatte sich ihnen gegenüber immer als etwas Besseres aufgeführt, sie zu rascherer Arbeit aufgefordert und zuweilen auch derb beschimpft. Irgendwie ist das Fass dann zum Überlaufen gekommen, an dem 3. September hatte es wohl auch wieder intensive Auseinandersetzungen gegeben und im Ergebnis fielen die Angeklagten über den Blaß her, schlugen ihn mit einer Kohlenschaufel, einem Stück Rundholz, einem Pantoffel und mit den Fäusten so heftig, dass Blaß kurze Zeit darauf an einem Schädelbruch und Bluterguss im Gehirn verstarb. Die Beweislage ist klar, die Angeklagten sind insoweit geständig, sodass die Geschworenen nach ziemlich kurzer Beratung schuldig sprechen ohne Zubilligung mildernder Umstände der gemeinsamen Körperverletzung mit nachgefolgtem Tode. Staatsanwalt Muther aus Gotha beantragt so gegen Fiebrich 8 Jahre Zuchthaus und 8 Jahre Ehrverlust als denjenigen, der mittels der Schaufel besonders schwerwiegende, Ziel gerichteten Schlägen nach Blaß geführt hatte. Die übrigen Angeklagten sollen mit je 4 Jahren Zuchthaus und Ehrverlust bestraft werden. Das Urteil gegen Fiebrich, Postelt und Andertz entspricht schließlich seinem Antrag, Heller kommt mit 3 Jahren Zuchthaus und Ehrverlust davon.

Heute schwimmst du noch in deinem Blute!

Am 7. März des Jahres 1929 hat sich der Eisenpolier Hugo R. aus Viernau vor der Kleinen Strafkammer des Amtsgerichts Suhl zu verantworten. Er wird beschuldigt, in der Nacht des 26. März des Vorjahres dort in Viernau die beiden Schlosser G. und K. mit einem Messer bzw. Dolch vorsätzlich körperlich misshandelt zu haben, sodass der erstere am linken Schulterblatt eine 5-6 cm lange Schnittwunde davontrug, während sein Freund K. an der linken Brustseite eine kleinere Verletzung erfuhr. Jedenfalls mussten sich die beiden, G. und K., nach dem Scharmützel in ärztliche Behandlung begeben. In einer alsbaldigen Verhandlung ebenfalls vor dem Amtsgericht in Suhl war der Hugo R. aus Viernau zu 3 Monaten Gefängnis und Tragung der Gerichtskosten verurteilt worden. Dagegen hatte er aber unverzüglich Berufung eingelegt mit der Begründung, sich auf keinen Fall strafbar gemacht zu haben, da er bevor das mit dem Messer passiert sei vom Schlosser K. durch einen Schlag an den Unterkiefer – es wurde von einem von Boxerkreisen her bekannten „Kinnhaken“ gesprochen – bewusstlos gewesen sei, sodass er sich nicht mal entsinnen könne, ein Messer zur Abwehr benutzt zu haben. Und es sei damals eigentlich ein recht fröhlicher Abend im Gasthaus gewesen, an dem musiziert wurde und man sich mit einigen fremden Gästen sehr gut unterhalten und verstanden habe. Erst als er, der Hugo R., beim Schlosser K. eine Zigarette habe anstecken wollen, sei es zu einem kurzen Wortwechsel gekommen und der Schlosser G. habe versucht, mit seinem Bierglas auf ihn einzuschlagen. Das sei aber, Gott sei Dank, durch einen der Fremden verhindert worden. Die beiden Schlosser hätten ihn aber trotzdem immer weiter bedroht, wobei er sogar die Worte gehört haben will: „Heute Abend schwimmst du noch in deinem Blut!“ Es werden dazu jetzt in Suhl zwölf Zeugen vernommen und nach deren Aussagen haben sich wohl zunächst die beiden Schlosser G. und K. zusammen mit ihren Freunden entfernt und erst ein Weilchen später ist dann der Hugo mit seiner Braut am Arm und auch ein paar Freunden gefolgt. Im Dorfe (Viernau) kam es aber, aus welchen Gründen ist nicht so recht überliefert – haben G. und K. gewartet? Hat R. sie mit Braut eingeholt? - Wieder zum Zusammentreffen keineswegs friedlicher Art, im Gegenteil. Zunächst nämlich verabreichte man dem Angeklagten solche Schläge ins Gesicht, das er einen Zahn verlor und wohl auch die Braut etwas abbekam. Die Schlosser G. und K. behaupten zwar auch jetzt noch, sie seien zuerst angegriffen worden. Der Angeklagte jedoch sagt aus, die beiden seien es gewesen. Dann erst sollen also der bewusste „Kinnhaken“ und das Messer ins Spiel gekommen sein.

Der Verteidiger plädiert jedenfalls auf Freispruch, da der Angeklagte erwiesenermaßen in Notwehr gehandelt habe. Der Vertreter der Staatsanwaltschaft aber sieht das ganz anders und beantragt nach der mehrstündigen Verhandlung die Verwerfung der Berufung und damit Aufrechterhaltung des seinerzeit ergangenen Urteils. Beim Gericht fällt letztendlich ins Gewicht, die auf jeden Fall vorhandene Straftat der gefährlichen Körperverletzung und man schließt sich dem Antrag des Staatsanwaltes an. Hugo R. muss demnach seine 3-monatige Gefängnishaft nun antreten.

Bleischwere Schuld

Aus welchen Gründen damals sich eine Reihe Suhler Arbeiter an fremdem Eigentum vergingen ist leider aus der Berichterstattung nicht so recht herauszulesen. Der Zeitpunkt, das Jahr 1930, lässt schon auf wirtschaftliche Not als mögliche Ursache schließen. Wie dem auch sei, am 29. Januar des genannten Jahres hatten eben wegen mehrfach begangener Diebstähle sich eine Reihe Suhler Einwohner vorm Schöffengericht Suhl zu verantworten. Und zwar waren das der Arbeiter Franz R., der Erdarbeiter Albert R., der Schlosser Reinhold H., alle drei vorbestraft, der aus der Untersuchungshaft vorgeführte Polier Alfred S., ferner der Erdarbeiter Wilhelm K., die vorbestrafte Haushälterin Auguste K. und schließlich die Ehefrau des Reinhold H., sämtlich wie schon erwähnt aus Suhl.

Im Einzelnen wird nun dem Franz R. und dem Alfred R. zur Last gelegt, dass sie in der Dunkelheit der Nacht des 11. Oktober vergangenen Jahres gemeinsam das Hoftor des städtischen Bauamtes überkletterten und von dort eine ganze Anzahl Bleibarren stahlen. Albert allein brachte drei dieser Barren im Gesamtgewicht von mehreren Zentnern nach draußen, indem er sie unter dem Hoftor hindurch seinem draußen wartenden Bruder Franz zuschob. Albert R. kannte sich auf dem Hofe des Bauamtes gut aus, da er dort schon einige Male mit Arbeiten beschäftigt gewesen war. Beide trugen dann die Barren gemeinsam in die Wohnung von Franz R., zerstückelten sie dort und versteckten sie schließlich in einer alten Wanne im Keller. Der Wert dieser Barren wurde übrigens später mit 145 Mark angegeben. Man hatte als der Diebstahl bemerkt wurde, die beiden, wohl auf Grund ihres Vorlebens sofort in Verdacht. Es gab eine Haussuchung bei Franz R. und das Metall kam wieder ans Tageslicht. Sofort beeilte sich Wilhelm K., dies unverzüglich Albert R. mitzuteilen, damit er jetzt der Polizei, falls man ihn verhörte, in einer besprochenen Weise – man hätte das Blei in einem alten Sack im Kirchwinkel gefunden – aussagen sollte. Der K. traf aber den R. nicht an, sodass sich die Haushälterin K. veranlasst sah, ihrerseits die Ehefrau des Schlossers Reinhold H. mit diesem Auftrag zu Albert R. zu schicken. Dadurch hatten sich aber nun diese drei wegen Begünstigung strafbar gemacht!

Während der Verhandlung konnte dann dem Franz R. noch ein weiterer Diebstahl zur Last gelegt werden, bei dem auch Schlosser H. und Polier S. beteiligt gewesen waren. Tätig geworden dazu waren hier zunächst H. und S., die ebenfalls im vergangenen Jahre durch ein Zaunloch in einen Garten am Domberg eingedrungen waren und dort mehrere Säcke Äpfel gestohlen hatten. Nachdem dann noch die Taschen wohl gefüllt waren, hatte man dem draußen Schmiere stehenden Franz R. auch noch ein größeres Quantum Äpfel mitgebracht. Damit nicht genug. Am folgenden Tage hatten sich die drei abermals nach dem Domberg begeben, wobei aus einem anderen Garten jetzt eine erkleckliche Menge reifer Birnen entwendet werden sollte.

Das Glück hatte sich zu diesem Zeitpunkt bereits von ihnen abgewendet. Sie wurden überrascht und während der Flucht verlor dabei der nun Angeklagte S. sogar seinen mit Birnen gefüllten Rucksack. Die ermittelnden Behörden hat-

ten jedenfalls auch da ein leichtes Spiel und konnten zudem dem S. noch diverse weitere Diebstähle nachweisen. Etwa die Entwendung eines Fässchens Gurken und eines Glasballons (über dessen Inhalt schweigt die Berichterstattung) von einem Rollwagen einer hiesigen Spedition, der auf dem Mühlplatz gestanden hatte und schließlich die unerlaubte Benutzung eines Motorrades, das er dabei völlig demoliert hatte.
Zu seiner Verteidigung bringt der S. hervor, das er tagelang nichts zu essen gehabt habe, da er schon längere Zeit arbeitslos und ohne jede Unterstützung gewesen sei. Franz R. gibt ebenfalls an, in Not gehandelt zu haben, da er schon vier Jahre arbeitslos sei und der H. schützt genauso eine wirtschaftliche Notlage vor.
Das Gericht braucht bis zum Spruch eine längere Zeit und verkündet sodann: Franz R. wird wegen schweren Diebstahl und Begünstigung zu 4 Monaten und 1 Woche Gefängnis und wegen Vergehen gegen die Paragrafen 15 und 16a des Feld- und Forstgesetzes zu weiteren 2 Wochen Haft verurteilt.
Albert R. verurteilt man wegen schweren Diebstahls zu 5 Monaten Gefängnis, bei Anrechnung der Untersuchungshaft. Reinhold H. wegen Vergehen gegen die oben genannten Paragrafen des Feld- und Forstgesetzes kommt mit 70 Mark Geldstrafe davon.
Alfred S. muss wegen schwerem Diebstahl in wiederholten Fällen und Vergehen auch gegen das Feld- und Forstgesetz 4 Monate und 2 Wochen in Haft.
Der Angeklagte Wilhelm K. wird freigesprochen, seine Frau aber muss wegen Begünstigung 5 Mark zahlen und die Frau H. aus eben diesem Grund 30 Mark.

Kreuz und quer durch Thüringen

Am 25. Februar des Jahres 1931 haben sich in einer Sitzung des gemeinschaftlichen Schöffengerichtes beim Amtsgericht Suhl insgesamt 16 Angeklagte aus Suhl, Zella-Mehlis und Gräfenroda zu verantworten. Vorgeworfen werden ihnen 1929 und 1930 begangene Einbrüche, wobei erschwerender Weise sogar Schusswaffen mitgeführt wurden. Allerdings sind es Leute, die durchweg achtbare Berufe haben – Schlosser, Schleifer, Mechaniker, Feilenhauer, Kraftwagenfahrer, Dreher, Fleischer und allesamt sind seit längerer Zeit arbeitslos. Während der Verhandlung kann der Zuhörer durchaus Thüringen kennen lernen, der Einfluss der beginnenden Motorisierung weiter Bevölkerungskreise ist nicht zu übersehen. Es empfiehlt sich also, einen Atlas bereitzuhalten um den Tatorten folgen zu können.

In einem Falle etwa waren zwei der Angeklagten zum Beispiel nach Wallrabs, ein kleines Dörfchen unweit westlich von Hildburghausen, gefahren, wo sie in der Nacht zum 9. August 1930 bei einem Schuhmacher durch ein Fenster in die Wohnung einstiegen und mehrere Paar Schuhe und ca. 150 Zigaretten entwendeten. Dabei waren sie entdeckt worden, konnten aber die Verfolger durch Gebrauch einer Schusswaffe abschütteln. Im gleichen Monat hatten sich vier andere der Angeklagten auf Motorrädern nach Geraberg begeben, um dort aus einer Gastwirtschaft zu nächtlicher Stunde einen Zentner Wurst mitzunehmen. Drei weitere dieser Herren waren in Wölfis tätig gewesen. Sie drangen gewaltsam, die im Wege stehende Tür war danach nicht mehr zu gebrauchen, in ein ländliches Grundstück ein. Im Ergebnis fehlten dort drei Mastgänse. Im Juli 1930 war eine Gastwirtschaft in Angerode dran. Dort fehlte dann eine größere Menge Tabakwaren und im Februar dieses Jahres statteten zwei der Angeklag-

ten der Verkaufsbude am Bahnhof Suhl einen Besuch ab. Diebstahl konnte man auch fünf dieser Leute nachweisen, die in Königshofen aus einem Kaufhaus Anzüge, Mäntel, Sommerjacken und anderes im Werte von zirka 4 000 Mark hatten mitgehen lassen. In einem Gehöft in Bermbach stahlen vier der Angeklagten aus einem Stall fünf Gänse, die sie gleich in der Nähe schlachteten. Verschiedene Kleidungsstücke, Lebensmittel und 125 Mark verschwanden aus einem Konsum in der Suhler Struth und im Dezember 1929 war der Konsum in Heidersbach dran und hatte den Verlust einer größeren Menge Lebensmittel zu beklagen – Täter allesamt aus der Reihe der Angeklagten. Die Liste der Straftaten ist damit aber nicht zu Ende. Nachgewiesen wurden weiterhin ein Diebstahl in einem Wirtshaus von Schmalkalden, der Einbruch in einem Bierkeller in Zella-Mehlis, ein Diebstahl bei einem Fleischermeister in Erlau, ein Diebstahl auch in Tüttleben. Dort wurde ein Motorrad erbeutet, dann Diebstahl in Leutersdorf bei Themar, vor dem Schleusinger Schloss ein Motorrad am hellen Tage und ein ebensolches wurde auch in Schmalkalden und bei einem Bierverleger zu Zella-Mehlis Beute der Bande.

Zur Last gelegt werden weiter Diebstähle in einer Kaufmanns Wohnung in Suhl (Schuhe und eine Pistole), bei einem Fleischer in Suhl (120 Pfund Wurst im Werte von 250 Mark, bei einem Fuhrunternehmer in Suhl (größere Mengen Schweinefett), der Diebstahl bei einem Gastwirt in Gräfenroda (erhebliche Mengen Lebensmittel und Tabakwaren), ein Diebstahl in Neusitz (Tabakwaren und ein Fahrrad), die Diebstähle im Bahnhof Elgersburg und Tambach-Dietharz (2 000 Zigaretten und Ballen Webwaren) und so weiter und so weiter!

Unter den Angeklagten befindet sich auch eine Ehefrau eines der Angeklagten, die sich der Hehlerei schuldig gemacht hat und zwei andere Frauen, die von den Dieben Diebesgut angenommen und wohl auch weiterverkauft haben.

Die Angeklagten haben keine andere Wahl, als sich der Beweislast zu beugen und sind im Großen und Ganzen geständig. Sie bekennen übereinstimmend, die strafbaren Handlungen aus purer Not begangen zu haben, in die sie auf Grund ihrer lang andauernden, hoffnungslosen Arbeitslosigkeit geraten seien. Die Verteidigung beantragt jedenfalls, die Urteile der Wirtschaftslagen anzupassen, zumal in einigen der Fälle durchaus Mundraub vorgelegen habe.

Die Staatsanwaltschaft hingegen spricht von einfachen Diebstählen bis hin zu schweren Einbruchsvergehen, was schon hart zu ahnden sei.

Nach stundenlanger Beratung werden schließlich gegen 10 Uhr 30 abends die Urteile verkündet. Zehn der Angeklagten erhalten Freiheitsstrafen zwischen wenigen Wochen Gefängnis bis zu 3 Jahren Zuchthaus bei gleichzeitigem mindestens ebenso langem Ehrverlust. Hehlerei wird mit einer Geldstrafe belegt und in drei Fällen erkennt man auf Freispruch.

Schwerer und einfacher Diebstahl im Rückfall

Bäckermeister Schmidt in Suhl hatte den Bäckergesellen Franz Georg F. von Hildburghausen eingestellt. Er schien ihm vertrauenswürdig und da die Geschäfte der Bäckerei gut gingen, war eben auch eine Unterstützung des Meisters sehr notwendig gewesen. Aber wie hatte diesen doch sein erster Eindruck getäuscht, denn bald musste er feststellen, dass sein neuer Geselle zwar sehr den Anschluss an die Familie suchte, dies jedoch unübersehbar immer wieder zu Diebereien ausnutzte. Bald fehlte da und dort etwas und hin und wieder waren auch in der Kasse des Ladens Fehlbeträge festzustellen. Der Meister machte kurzen Prozess. Er entließ alsbald die diebische Elster wieder und verzichtete dabei sogar auf eine gerichtliche Ahndung. Leider nahm sich das der Geselle nicht zu Herzen. Im Gegenteil, er dachte wohl auf diese Weise weiterhin davonzukommen. Da hatte er aber die Rechnung ohne den Wirt, beziehungsweise ohne seine nächsten Dienstherren gemacht, die keineswegs so gutmütig wie der Meister in Suhl waren. Mit 32 Jahren schließlich hatte der Friedrich Georg F. schon diverse Vorstrafen hinter sich und dabei auch insgesamt 5 Jahre im Zuchthaus verbracht. Gebessert hatte er sich aber nicht. Nachdem er zuletzt im Jahre 1882 aus dem Zuchthause entlassen worden war, hielt er sich an verschiedenen Orten auf und übernachtete im Februar 1883 in einer Herberge in Herrschdorf, wo er dort so nebenbei gleich einmal ein Paar Stiefel entwendete. Bei der Weiterwanderung traf er nun bald auf einen gewissen Ludwig B., der ebensolche Ambitionen wie er selbst pflegte. Sozusagen gesucht und gefunden bereiten die beiden sogleich „wo etwas zu machen sei", das heißt, wo sie etwas stehlen könnten. Und da erinnerte sich der Friedrich Georg F. doch wieder an den Bäckermeister Schmidt in Suhl und vor allem daran, dass er wusste, wo der Meister sein Geld aufbewahrte. Diese Erfahrung teilte er seinem neuen Genossen mit und beide begaben sich so schnell es ging nach Suhl. Am 28. Februar waren sie dort und rekognoszierten sofort das Schmidt'sche Anwesen und schritten dann gleich in der folgenden Nacht so zwischen 12 und 1 Uhr zur Ausführung ihres inzwischen gereiften Planes. Einer der beiden, es war wohl der F., stieg durch ein Fenster ein und stahl zielsicher aus dem bekannten Wandschrank etwa 170 Mark, während der andere draußen Wache stand. Niemand im Hause merkte etwas. Man schlief fest im oberen Stockwerk und die beiden machten sich unbemerkt sofort aus

dem Staube: Sie wandten sich nach Coburg, kauften dort neue Kleider, zechten tüchtig zusammen und teilten den Rest der Beute, wobei jeder noch so an die 30 Mark erhielt. Der Ludwig B. wollte sich nun bei seinem Kollegen für den gelungenen Coup revanchieren und bot seinerseits eine gute Gelegenheit in Eisenach an. Dazu aber kam es nicht mehr: In Suhl hatte die Polizeibehörde auf Anzeige des bestohlenen Bäckers die Verfolgung aufgenommen und folgerichtig die bekannten und zurzeit ungewöhnlich ausgabefreudigen Gesellen aufs Korn genommen. Die beiden Spitzbuben wurden in Coburg noch verhaftet und sollten zunächst nach Suhl transportiert werden. Im Falle des Friedrich Georg F. gelang das auch, jedoch der Ludwig B. brannte auf dem Transport durch, ohne dass man seiner wieder habhaft werden konnte. Der erste Straftäter aber landete endlich vor den Schranken des Meininger Schwurgerichts. Ergebnis: 3 Jahre und 6 Monate Zuchthaus, Verlust der Ehrenrechte für 5 Jahre sowie zulässig eine Polizeiaufsicht.

Hochzeitsschießerei

Zu Beginn des Jahres 1883 feierte die Tochter des Büchsenmachers und Wirtes G. in Linsenhof ihre Hochzeit. Bei einem solchen Anlass war dort Sitte, dass die jungen Burschen ihre Freude über einen solchen Anlass durch Schießen mit allen möglichen Waffen Ausdruck verleihen. Deshalb war zur Brautmutter G. am Tage des Festes ein Bursche gekommen und hatte sich von ihr ein Gewehr geborgt, um bei dem Geballer tatkräftig mitwirken zu können. So weit so gut, leider vergaß er aber die Waffe zurückzugeben und die Familie G. erstattete schließlich nach 8 Monaten Anzeige wegen Unterschlagung. Dabei gab sie als den Täter den 20-jährigen Fuhrmann Johann Ludwig Ernst A., von Linsenhof als den Täter an. Vorm Schöffengericht in Suhl stellt dieser aber seine Schuld in Abrede, obwohl Frau G. ganz bestimmt angibt, diesem und keinem anderen habe sie das Gewehr gegeben. Dazu äußert ein Zeuge, dass er zwar mitbekommen habe, wie A. ein Gewehr verlangt hat und dass dieser und Frau G. dann das Zimmer verlassen haben, aber ob der A. nun das Gewehr wirklich erhalten hat, das kann er auch nicht sagen. Der Angeklagte stellt dies alles in Abrede. Er habe weder um ein Gewehr nachgesucht noch eins erhalten und bringt seinerseits einen Zeugen K., der bekundet, mit A. die ganze Zeit des Feierns zusammen gewesen zu sein und A. habe da eben kein Gewehr bei sich gehabt. Das Schöffengericht spricht den A. deshalb schließlich frei.
Die Staatsanwaltschaft ist aber mit diesem Urteil nicht einverstanden und beantragt, die schöffengerichtliche Erkenntnis aufzuheben und stattdessen eine Gefängnisstrafe von 1 Woche auszusprechen. Schließlich kommt die Sache vor die 2. Strafkammer des Landgerichts in Meiningen. Das Hohe Gericht dort nimmt aber an, dass, selbst wenn A. sich das Gewehr wirklich hätte geben lassen, doch das Bedenken entstände, ob er es nicht am gleichen Tage wieder weiter gegeben und dass es dadurch abhanden gekommen sei. Trotz erheblicher Belastungsmomente habe doch nicht festgestellt werden können, dass nun der Johann Ludwig Ernst A. das Gewehr tatsächlich erhalten und es sich gar rechtswidrig angeeignet habe. Die Berufung sei deshalb zu verwerfen und die Kosten auf die Staatskasse zu nehmen.

Wenn nur die Mühlenburschen den Brand nicht gelöscht hätten

Im Februar des Jahres 1886 erregt beträchtliches Aufsehen ein Fall, der am Schwurgericht Meiningen verhandelt wurde. Auf der Anklagebank war da erschienen, der wegen Brandstiftung beschuldigte Mühlenbesitzer Christian

August Leske aus Themar. Der hatte nun in der Voruntersuchung, sowie in der Zeit kurz nach der Tat sein Vergehen eingestanden und war auch in der Verhandlung zwar noch geständig, suchte aber jetzt die Sache so hinzustellen, dass er wohl damals zur Tatzeit durch beträchtlichen Alkoholgenuss seiner Sinne nicht mächtig gewesen sei. Dem entgegenstehen allerdings Zeugenaussagen, die an diesem Abend mit ihm zusammen waren und das völlig in Abrede stellen. Das Gericht ist also genötigt, den Ablauf nochmals in allen Einzelheiten darzustellen.

Leske, geboren und erzogen in Themar, ist derzeit 41 Jahre alt und betreibt seit 1870 selbstständig das Mühlengewerbe in dem von seinem Vater mit einer Anzahlung von 7 000 Mark gekauften Mühlenbesitztum, das aus Mahl- und Schneidemühle mit zugehörigem Wohnhaus besteht. Dabei scheint der Hauptzweig des Geschäfts die Handelsmüllerei gewesen zu sein, die in flottem Gange bis vor wenigen Jahren betrieben wurde. Auf Grund beträchtlicher Konkurrenz aber, die seit Eröffnung der Bahnlinie Erfurt - Ritschenhausen sogar von Berlin aus sein Absatzgebiet überflutete. Während er in früheren Jahren einen jährlichen Umsatz von etwa 45 - 50 Tausend Zentnern gehabt hatte, ist diese Anzahl jetzt auf die Hälfte zurückgegangen besonders durch die Orte Zella, Mehlis und Suhl, wohin er in den letzten Jahren lediglich 200 Zentner geliefert hatte, während es früher 2 000 Zentner waren. Damit sanken natürlich auch die Einnahmen und hinzu kam eine bedeutende Schuldenlast durch notwendige Anschaffungen neuer Maschinen vor allem im Jahre 1885, die 120 000 Mark erreichte. Hinzu kamen bei Aufrechnung noch Hypothekenschulden von auch rund 100 000 Mark. Durch Drängen der Gläubiger wurde jetzt der Mühlenbesitzer gezwungen, einen Vergleich mit diesen zu schließen, dergestalt, dass er davon 80% zahlen sollte und zwar in vier Raten. Drei davon konnte Leske aufbringen, die vierte wäre im Dezember 1885 fällig gewesen und er hätte sie auch aufbringen können, wenn sich nicht Anfang November mehrere Gläubiger geweigert hätten, jetzt noch auf den Nachlass von 20% einzugehen.

Der Angeklagte verfiel dadurch auf den unglücklichen Plan die Mühle niederzubrennen, um von der Versicherungssumme wenigstens die Hypothekengläubiger befriedigen zu können, die inzwischen auch immer dringender ihre Forderungen erhoben. Und am 7. November nachts 12 Uhr, nachdem er vom Skatspiel aus dem Wirtshause zurückgekehrt war, war der Leske in seinen schweren Sorgen schließlich so weit, diesen Plan zu verwirklichen. Auf der Mühle angekommen, entledigte er sich seiner Stiefel, holte Stroh vom Hofe und Bretterabfälle aus seiner Schneidemühle und stieg durch ein Fenster, des-

sen Wirbel er schon nachmittags aufgedreht hatte, in das Mühlengebäude ein, das aus Erdgeschoss und zwei Etagen besteht – in der ersten sind auch die Schlafräume der Mühlenburschen. Im obersten Stock angekommen, schichtete er Stroh und Holz an einem großen Kornbehälter auf und brannte es mit einem Streichholz an. Anschließend verließ er rasch das Mühlengebäude, ging in seine Wohnung und wollte dort den weiteren Verlauf der Dinge abwarten. Zur Verhandlung gibt er nun an, dass ihm da das Verwerfliche seines Tuns vor Augen getreten ist und er gleich wieder zur Mühle zurück sei, um das Feuer zu löschen. Doch das Schicksal wollte es anders, es kamen ihm schon die Mühlenburschen entgegen und berichteten ihm ganz außer Atem, dass sie den Brand gelöscht hätten, sich aber im Hause nicht mehr sicher fühlten. Er ist mit den beiden nochmals zur Brandstelle gegangen und hat sie aufgefordert, doch ruhig zu bleiben. Es sei alles ordentlich gelöscht. Vor Gericht bekundete dazu ein Mühlenbursche, er sei durch ein Geräusch im Hause aufmerksam geworden, wäre vom Bett aufgestanden und hätte dann den Lichtschein im oberen Stockwerk bemerkt, habe gleich seinen Kameraden geweckt, mit demselben

das Feuer gelöscht und ihre Habseligkeiten zusammengepackt und beim Weggehen dann den Angeklagten getroffen. Es wäre ihnen klar gewesen, dass dieser wohl die Ursache des Brandes gewesen ist und um sich nicht mitschuldig zu machen, hätten sie nicht schweigen können, sondern Anzeige erstattet.
Vom Hohen Gerichtshof wird die Frage an die Geschworenen gerichtet, inwieweit der Angeklagte schuldig sei, das Gebäude vorsätzlich in Brand gesetzt zu haben und der Verteidiger bittet im Weiteren die Frage zu prüfen nach lediglich versuchter Brandstiftung. Der Oberstaatsanwalt ergreift dazu seinerseits das Wort, schildert nochmals die gesamte Anklage und hebt als außerordentlich mildernd die Unbescholtenheit und das reumütige Geständnis des Angeklagten hervor.
Die Geschworenen entscheiden nach der Beratung auch im Sinne des Oberstaatsanwaltes, sie verneinen die Frage nach Vorsatz und bejahen versuchte Brandstiftung. Christian August Leske wird zu 1 Jahr und 6 Monaten Zuchthaus, 2 Jahren Ehrverlust und Tragung der Kosten verurteilt.

Der Selbstmörder am Friedberg

Am Sonnabend, den 8. September des Jahres 1888, geht am späten Nachmittag der Suhler Turmwächter Deckert durchs Gehölz unterhalb des Friedbergs. Plötzlich stutzt er und sieht genauer hin. Tatsächlich, da liegt doch ein Mensch, ein junger Mann, lang ausgestreckt mit dem Gesicht im Grase. Deckert vermutet, dass der Fremde wohl eingeschlafen ist und weil es an diesem Septembertag recht unfreundlich kühl ist, versucht er ihn alsbald zu wecken, indem er ihn an der Schulter rüttelt. Dabei aber macht er die grausige Entdeckung, dass er hier einen Toten vor sich hat. Das bestätigt ihm bald eine Blutlache im Moose sowie eine blutige Wunde an der rechten Schläfe des Mannes. Der Turmwächter Deckert handelt, nach dem er den ersten Schrecken überwunden hat, jetzt ganz richtig. Er lässt, um Nachforschungen nicht zu behindern, den Toten so liegen, wie er ihn gefunden hat und eilt, um Anzeige vom schrecklichen Fund bei der Polizeibehörde in Suhl zu erstatten.
Diese findet, dass der Tod durch einen Schuss ins Gehirn eingetreten sein muss und keinerlei Spuren auf einen Todeskampf oder gar auf ein Verbrechen schließen lassen. Nur 15 Schritte abseits der Straße scheint der Unglückliche seinen Entschluss zum Selbstmord wahr gemacht zu haben. Die rechte Hand liegt unter dem Körper des Toten verborgen. Er ist wohl drauf gefallen, den Revolver findet man ganz dicht daneben. Links von ihm liegt ein Regenschirm. Der Tote selbst trägt einen eleganten, braungestreiften Kammgarn-Anzug mit

einer hochmodernen Weste, in der eine wertvolle goldene Uhr steckt und neben ihm liegt auch ein brauner, fast neuer Filzhut. Die Finger sind mit drei goldenen Ringen geschmückt.
Die Leiche wird schließlich noch am selben Abend mit einem Leiterwagen nach Suhler-Neundorf gebracht. Am folgenden Tage findet dann dort die gerichtliche Leichenschau statt und die vorgefundenen Papiere ergeben, dass der Tote der 20 Jahre alte Reisende für die Lack- und Farbenfabrik von Alexander Winkler in Arnstadt ist. Sein Name ist Oskar Hermann. Man findet bei ihm außer einem Gewerbeschein und einem Eisenbahn-Coursbuch noch einen Zettel und einen Brief in seiner Brusttasche. Auf dem Zettel ist das Hotel angegeben, in dem Oskar Hermann hier in Suhler-Neundorf mehrere Tage logiert hat und auf der Rückseite entschuldigt sich der Tote beim Hotelinhaber wegen der Unannehmlichkeiten, die er ihm nun wohl doch machen werde – „irgendwo musste es doch geschehen" und bittet, sich wegen der Zeche mit seinem in Zwickau lebenden Bruder in Verbindung zu setzen. Der Brief, sorgsam versiegelt, ist an diesen Bruder in Zwickau gerichtet. Geld findet man in den Taschen des Toten nicht, nicht den kleinsten Betrag. Im Hotel selbst hatte er sich unter dem falschen Namen „Krämer" ins Fremdenbuch eingetragen. Weiter eruiert die Behörde hinsichtlich der letzten Stunden vor der Tat, dass Hermann am Morgen des 6. September mit der Post nach Schleusingen fuhr und am Abend wieder nach Suhler-Neundorf zurückkehrte. Am Morgen des unseligen 8. Septembers hat er dann recht frühzeitig unter Zurücklassung seines Überziehers und eines Koffers das Hotel verlassen und ist dorthin nicht wieder zurückgekehrt. Man kann nun annehmen, dass die Tat bereits so gegen 9 Uhr geschehen sein wird, denn mit Feldarbeiten beschäftigte Personen haben einen jungen, elegant gekleideten Menschen gegen halb 9 Uhr von Suhler-Neundorf kommen sehen und dann etwa 9 Uhr den Knall eines Schusses vernommen. Die Leute hatten allerdings dem keine Bedeutung beigemessen und nicht weiter darauf geachtet.
Der Befund der Untersuchung ist damit einhellig, dass es sich hier um einen Selbstmord handelt. Sehr bald, bereits am Montag, den 10. September, wird die Leiche in Suhl beigesetzt. Doch in der Nacht vom kommenden Dienstag zum Mittwoch ist man gezwungen, sie wieder auszugraben. Dies folgt einer letztwilligen Verfügung des Toten, in dem an seinen Bruder in Zwickau gerichteten Brief, der seitens der Königlichen Staatsanwaltschaft am Dienstag dem Adressaten ausgehändigt wurde und nach der er, Oskar Hermann, seine letzte Ruhe in Zwickau finden möchte. Die Leiche wird also nach den damaligen strengen Bestimmungen – der Holzsarg muss in einem Zinksarg

verschlossen sein und der Wagen mit der Last muss verplombt sein – mit der Eisenbahn nach dort überführt.
Zu den Gründen, die den Freitod des jungen Mannes schließlich herbeiführten, gab es viele verschiedene Vermutungen – die auch damit in Zusammenhang standen, dass er bei seinem Tode keinerlei Barmittel bei sich trug. Es zeigte sich aber, dass er – geschäftlich durchaus erfolgreich – über reichliches Vermögen verfügte und seine Angelegenheiten auch in dieser Hinsicht vor seinem Tode accurat ordnete. Man erfuhr, dass er im Brief an seinen Bruder eine von ihm unbesiegbare Schwermut schilderte, die ihn veranlasse sein Leben zu beenden.
Warum er jedoch im Hotel unter falschem Namen logierte blieb ungeklärt. Die letzten Entschlüsse vor einem Freitod sind wohl keiner üblichen Logik unterworfen.

Böses Ende eines vergnüglichen Tanzabends

November 1887, genauer am 27. dieses Monats beschließen zwei Suhler Burschen, der Säbelmacher Karl Friedrich Christian Kl. und der Büchsenmacher Ferdinand W., wie man so sagt „in die Bräut“ zu gehen. Zur Verwirklichung dieses eigentlich löblichen Vorhabens wandern sie deshalb gemeinsam zum Lokal „Zur Struth“, wo sie zunächst intensiv und offensichtlich auch erfolgreich das Tanzbein schwingen und natürlich ebenso intensiv sich alkoholischen Getränken widmen. Das hat bei beiden leider zur Folge einen beträchtlich zunehmenden Übermut, die Stimmung steigt und steigt und schließlich gerät man – offenbar hinsichtlich anwesender Damen – in einen ziemlichen Streit mit dem auch dahin interessierten Hirtenknecht August H., ebenfalls ein Suhler. Doch einigen sich die Kontrahenten erstaunlicherweise alsbald wieder und der Säbelmacher Kl. trägt dazu eine solche absolut ungewöhnliche, ja beinahe verdächtige Friedfertigkeit zur Schau, dass er dem Hirtenmenschen H. sogar anbietet, ihn in „brüderlicher Liebe“ nach Hause zu begleiten, da dieser nun doch lieber gehen will. Offenbar ist ihm die plötzliche Sanftmut der beiden Waffenproduzenten doch nicht geheuer. Oh und leider hat er nur zu Recht, denn als er gerade durch die Haustür der Wirtschaft gelangt ist, schlüpfen die beiden Wölfe aus ihren Schafspelzen, werfen ihn zu Boden und beginnen ihn erbarmungslos mit Fäusten und Stiefelabsätzen zu bearbeiten. Mit äußerster Mühe gelingt es ihm endlich Richtung Stadt zu flüchten, doch in der Nähe des Schlegelmilch’schen Gewerkes fallen die Verfolger, Säbelmacher Kl. und Büchsenmacher W., wieder über ihn her und richten ihn noch jämmerlicher

zu! Sie schleppen ihn sogar auf eine in der Nähe befindliche Brücke und drohen ihn ins Wasser zu stürzen, wohin sie seinen Hut mit Hohngelächter bereits befördert haben. Schließlich lassen sie den Ärmsten einfach liegen und erst am Morgen findet man ihn übel zugerichtet und aus einer großen Kopfwunde blutend. „Sie haben mich gänzlich kaputt geschlagen!“ ist das Einzige, was er zunächst äußern kann.
Ein Arzt attestiert ihm dann eine große Wunde am Hinterkopf, Blutunterlaufungen am linken Ohr und beiden Augenlidern sowie eine voraussichtliche Arbeitsunfähigkeit von 8 Tagen. Säbelmacher Kl. und Büchsenmacher W. finden sich folgerichtig vor dem Schöffengericht zu Suhl wieder und zwar am 28. Februar des folgenden Jahres, also 1888, wegen gemeinschaftlicher Körperverletzung. Das Gesetz schreibt hierfür 2 Monate Gefängnis vor, eine geringere Strafe ist nur bei mildernden Umständen möglich und da die beiden Angeklagten sofort gestehen, den Hirtenknecht zusammen tüchtig „durchgehauen“ zu haben und die Zeugen auch nichts anderes angeben, hat das Gericht eben nur zu prüfen, ob mildernde Umstünde vorliegen. Man stellt fest, dass zu Gunsten der Angeklagten lediglich ihre bisherige Unbescholtenheit spricht, sehr erschwerend aber in Betracht zu ziehen ist, dass sie den August H. förmlich in eine Falle gelockt haben und dann das Ausmaß der angerichteten Verletzungen.
Ergebnis für beide demnach je 2 Monate Gefängnis und Tragung der Kosten des Verfahrens.

Nicht auf, sondern um eine Kuhhaut

In der Sprache der Juristen geht es nach der Gesetzesdefinition um die „Absicht der Verschaffung eines rechtswidrigen Vermögensvorteils mittels Vorspiegelung falscher Tatsachen und der Erregung eines Irrtums über die Zahlungsfähigkeit“, kurz um betrügerische Handlungen. Dies wird dem Fleischer Daniel B. vom Schöffengericht Suhl am 28. Februar 1888 zur Last gelegt, weil er sich vom Konditor Sch. am 27. Januar des vergangenen Jahres 20 Mark geborgt hat unter dem Vorwand, damit eine zu schlachtende Kuh zu kaufen. Schon am folgenden Tage hat er dieses Geld aus dem Erlös der Kuhhaut wieder zurückzahlen wollen. Dazu ist es aber offenbar nicht gekommen und die Kriterien des Betruges wurden darin gefunden, dass in der fraglichen Zeit, wie jetzt die Anklage behauptet, überhaupt keine Kuh von Daniel B. gekauft worden ist und der damit gar nicht in der Lage gewesen sei, die 20 Mark zurückzuzahlen. Das aber ist bei diversen bereits stattgefundenen Terminen vom

Fleischer B. bisher stets bestritten worden, obwohl er dazu eine Menge Zeugen auch aus größerer Entfernung herbei holte, die allerdings zu seinem nicht geringen Ärger eben nicht bestätigen wollten, dass er am 27. Januar 1887 eine Kuh gekauft hat. Deshalb ändert der Angeklagte nun vorm Schöffengericht in Suhl erstmals seine Angaben in soweit ab, dass er in Compagnie mit seinem Bruder am 28. Januar eine Kuh geschlachtet habe, die dieser vom Händler Salomon Lichtenstetter in Bibra gekauft hatte. Und die geborgten 20 Mark habe er seinem Bruder ausgehändigt. Der Bruder, jetzt erstmals als Zeuge geladen, bestätigt das auch voll und ganz.

Der jüdische Handelsmann aus Bibra seinerseits vermag weder zu bestätigen noch zu bestreiten, dass das mit dem Kuhkauf seine Richtigkeit habe, da er, wie damals üblich auch bei allen seinen Erwerbsgenossen, keine Bücher über die einzelnen Viehgeschäfte führe. Er bestätigt aber immerhin, dass er mit dem Angeklagten schon mehrmals Geschäfte gemacht habe. Damit steht für das Gericht zunächst einmal fest, dass der Fleischer gar nicht selbst eine Kuh kaufen wollte, sondern eben seinem Bruder damit ausgelegtes Geld damit zu erstatten hatte. Und man eruiert weiter, dass der Fleischer, dem die Sache langsam doch recht heiß wurde, die 20 Mark am 4. Januar 1888, also nun nach fast einem ganzen Jahr, dem Konditormeister zurückgegeben hat, der seinerseits in dieser Verhandlung dazu noch angibt, dass Daniel B. zunächst gar um 40 Mark gebeten habe und als er schon in der Tür gestanden, auf nochmalige Bitte: „Der Bauer stünde mit der Kuh bereits vor seiner Tür", wenigstens die Hälfte bekommen habe. Der angeklagte Fleischer Daniel B. sagt dazu ziemlich kleinlaut, wenn er die Sache mit dem Bauern vor der Tür nicht erfunden hätte, dann habe er doch keine Aussicht gehabt, dass ihm der Konditor etwas borge!

Das Gericht billigt dem Angeklagten immerhin mildernde Umstände zu, da man schon annehmen will, dass dieser nicht die Absicht gehabt hat, den Konditor effektiv um sein Geld zu bringen, sondern es schon ersetzen wollte, wenn er wieder dazu in der Lage sein würde – was allerdings doch recht lange gedauert hat. Das Urteil fällt also recht milde aus: Geldstrafe von 15 Mark oder ersatzweise 3 Tage Gefängnis.

Bluttat aus verschmähter Liebe

Am Abend des 9. Dezember des Jahres 1891, so gegen 9 Uhr, sitzt man in Dörrberg in der Wohnstube des Glasbläsers und Schultheißen Möller gemütlich beisammen. Die Frau des Schultheißen, seine Schwiegermutter, Frau

Förster Gundermann, das junge Dienstmädchen und eine Tagelöhnerin sind allesamt eifrig mit dem Abputzen einer Gans beschäftigt und in allerlei Gespräch vertieft. Plötzlich erscheint in der Tür der erst 17-jährige Gehilfe des Meisters, ein gewisser Schmidt, und erklärt, dass er das Gewehr seines Herrn dem ins „Waldsberger Gasthaus" bringen soll. Frau Möller ist schon ein wenig erstaunt, aber was soll's, sie bedeutet dem Schmidt, er möchte doch das Gewehr von der Wand nehmen und Patronen dazu, er wüsste ja, wo diese liegen. Und so geschieht es auch, der Schmidt nimmt das Gewehr, sucht die Patronen und hält sich noch, so eilig scheint es nun wieder nicht zu sein, scherzend und plaudernd bei den Frauen auf. Dann aber meint er, dass er nun gehen müsse, erhebt sich und - ja und jetzt geschieht Unbegreifliches. In der Stubentür dreht Schmidt sich plötzlich um, es knallt und ein gut gezielter Schrotschuss trifft alle vier Frauen! Am schwersten verletzt ist das Dienstmädchen. Ihr galt wohl insbesondere der Schuss. Die anderen Frauen versuchen zu fliehen, aber Schmidt schießt erneut, trifft wieder das Dienstmädchen, während dessen flüchtet Frau Möller in die nebenliegende Kammer. Frau Gundermann und die Tagelöhnerin können sich in die Küche in Sicherheit bringen. Schmidt aber gebärdet sich wie von Sinnen, beginnt auf das am Boden sich krümmende Mädchen mit dem Gewehrkolben einzuschlagen, trifft sie am Kopf. Dann ist er in der Küche unterwegs. Dort ist die ohnmächtig am Boden liegende Frau Gundermann ihm ausgeliefert bis der Gewehrkolben gänzlich zersplittert. In der folgenden Pause glaubt nun Frau Möller „die Bestie sei nun fort gegangen" und öffnet die Tür zur Küche, um ihrer Mutter zu Hilfe zu kommen. Da fällt der dritte Schuss und trifft sie in die linke Brust. Sie kann sich aber wieder in die Kammer zurückziehen und rasch die Tür verriegeln, die der Wüterich in Raserei versucht aufzubrechen. Das gelingt nicht und er holt nun eine Axt aus der Küche, um in der Wohnstube den Sekretär seines Herrn aufzubrechen – Geld, das ist jetzt sein Ziel! Das Schränkchen ist aber leer. Lediglich 20 Mark erbeutet Schmidt. In seiner Wut zerbricht er noch diverses Mobilar, hört aber dann wie eine der Frauen aus einem oberen Stockwerk um Hilfe ruft. Er gibt auf und flieht mit den besten Gewehren seines Herrn und wie man bald ermittelt mit ganzen vier Patronen.
Aus der Nachbarschaft rasch herbei eilende Hilfe findet ein grauenhaftes Blutbad und man holt zwei Ärzte, um die verwundeten Frauen zu versorgen. Das am schlimmsten verletzte Dienstmädchen, Justine Keller aus Viernau, wird ins Ohrdrufer Krankenhaus gebracht. Man glaubt ihr Leben retten zu können. Die Verletzungen an Kopf, Schultern und Brust geben weniger zur Sorge Anlass, schlimmer sind Schrotkörner, die im Kehlkopf stecken. Die anderen

Frauen können nach ärztlicher Versorgung mit baldiger Besserung ohne bleibende Schäden rechnen.
Schmidt flieht zunächst in den nahen Wald und hat am nächsten Morgen noch die Frechheit, lediglich eine ¾ Stunde vom Tatort entfernt, sich im Bahnhof Frankenhain zu zeigen und ruhig mit einem Schachtmeister zu plaudern. Allein bei der folgenden Razzia wird er bald festgenommen und dem Gericht zugeführt. In der Verhandlung hat er noch die Stirn laut zu äußern, wenn er freikäme, würde er auf jeden Fall das Haus des Schultheißen anstecken und das Dienstmädchen müsse auf jeden Fall noch sterben.
Sein Verhalten spiegelt sich im Urteil. Man verurteilt ihn zu einer mehrjährigen Zuchthausstrafe ohne mildernde Umstände. In der Presse aber, in diesem Falle ist es die Suhler „Henneberger Zeitung", verbreitet man sich über mögliche Gründe einer so „bestialischen Tat" eines erst 17-jährigen Jungen. Man vermutet mangelnde elterliche Erziehung, zu große Vertrauensseligkeit seines Arbeitgebers oder war es Genusssucht, übergroßer, vorzeitiger Hang

nach dem weiblichen Geschlecht – Schmidt hatte wohl ein Verhältnis mit dem Dienstmädchen anknüpfen wollen? Und man schimpft sogar auf die Gastwirte, die die jungen Leute, anstatt sie möglichst bald aus dem Lokal zu jagen, am liebsten noch bis zum frühen Morgen zurückhalten würden.

Meineid im Prozess nach einer Krammetsvogel-Jagd

Die Jagd auf die so genannten Krammetsvögel war seinerzeit ein netter Nebenverdienst, denn dieser Vogel wurde als Leckerbissen geschätzt. Krammetsvogel, so nannte man hierzulande die Wacholderdrossel.
Am 4. Dezember 1892 hatte sich nun der Rohrbohrer Gustav Frühauf, wohnhaft in der Struth seitlich der Chaussee zwischen Suhl und Zella St. Blasii dieser Beschäftigung hingegeben - sei es um dieselben gewinnbringend an den Mann zu bringen oder aber auch um die Jagdbeute selbst zu genießen. Irgendwer hatte ihn dabei beobachtet und zur Anzeige gebracht. Es war ihm deshalb auch unverzüglich ein Strafbefehl vom Herzoglichen Amtsgericht Zella zugegangen, mit dem ihm eine Geldstrafe von 15 Mark auferlegt wurde. Da aber nun diese Anzeige, wie der Frühauf alsbald festgestellt hatte, von einem gewissen Weiß mit dem er heftig verfeindet war, stammte, stellte er - Frühauf - seinerseits jetzt den Antrag auf ein richterliches Verhör zu seinem Fall. Dieser Weiß hatte ihn nämlich damals in der Hauptverhandlung damit belastet, dass er bestimmt bekundete, Frühauf habe mit einer Stockflinte auf die Krammetsvögel geschossen. Im richterlichen Verhör versuchte jetzt Frühauf dies zu entkräften, indem er den Zeugen Melchior anbrachte, der bei ihm keine solche Stockflinte wahrgenommen hätte. Melchior hätte nur einen Stock bei ihm gesehen und der Zeuge Melchior sagte auch in diesem Sinne vorm Gericht aus. Zunächst jedenfalls, aber auf eindringliche Ermahnungen seitens des Vorsitzenden nimmt Melchior noch vor Beendigung seiner Vernehmung die Aussage zurück und stellt richtig, dass ihn der Frühauf sehr bedrängt habe, einmal wegen der Freundschaft zwischen beiden und auch wegen der Frühauf'schen Braut, solche für Frühauf günstigen Aussagen zu machen.
Insgesamt bringt das beiden eine Anklage wegen Versuch des Meineides - Melchior - und Anstiftung zu einem Versuch des Meineides - Frühauf - ein. Sie stehen endlich im Juni 1893 vor den Schranken des Meininger Schwurgerichtes. Dort leugnet Frühauf die Bekundungen des Melchior und er erklärt zudem, er habe den Melchior wiederholt aufgefordert seinetwegen nicht falsch zu schwören. Melchior gibt das auch zu, aber seiner Meinung nach seien diese Ermahnungen Frühaufs auf keinen Fall Ernst gemeint gewesen.

Am Ende gelangen schließlich die Geschworenen zu der Überzeugung, dass die beiden jedenfalls im Sinne der Anklage schuldig seien. Frühauf wird zu 1½ Jahren Zuchthaus verurteilt; Melchior kommt günstiger weg - da er vor Beendigung seiner Vernehmung die falschen Aussagen richtig stellte hatte bei ihm Straffreiheit einzutreten.

Die treue Berta als Braut eines Anderen

Am 7.3.1893 sitzt wegen Mordversuch auf der Anklagebank des Meininger Schwurgerichts der 33 Jahre alte Korbmacher August Funk aus Gotha. Man wirft ihm Folgendes vor: Funk ist von seiner Frau geschieden und lebte in der Folge bereits seit einiger Zeit mit der gleichfalls geschiedenen Frau Berta Berlt wie Mann und Frau zusammen. Man trägt sich auch mit der Absicht alsbald zu heiraten. Frau Berlt ist nicht abgeneigt und nimmt in Gotha eine Stelle als Krankenpflegerin an. Anfang September des Vorjahres muss Funk allerdings wegen erwiesenen Diebstahls für 3 Monate das Gefängnis aufsuchen. Und nun nimmt das Unheil offenbar seinen Lauf. Die Berlt schreibt ihm dahin zwar noch einen Brief mit der Unterschrift „Deine treue Berta“, aber als Funk schließlich wieder aus dem Gefängnis entlassen wird, findet er die getreue Berta als Braut eines Anderen vor, die bereits gewissen Hoffnungen entgegen sieht. Funk entwickelt nun eine große Eifersucht und gibt sich alle Mühe seine Berta zurück zu gewinnen. Allein völlig vergeblich. Die Berta will nichts mehr von ihm wissen. In dieser durchaus üblen Stimmung kauft sich Funk nun einen Revolver, angeblich um sich selbst zu erschießen. Dazu fehlt ihm aber der Mut und er versucht stattdessen das Unmögliche möglich zu machen, in dem er fast täglich die inzwischen anderseits vermählte Berta mit seinem Besuch beehrt.

So geht er auch nach einer unruhigen Nacht am 8. Dezember am Morgen wieder zu ihr und fordert, etwas Besseres fällt ihm offenbar nicht ein, Tabak zurück, den er ihr vor einem Vierteljahr gegeben hat. Berta ist auch sogleich dazu bereit und geht an den Tisch, in dessen Kasten der Tabak liegt. In diesem Augenblick aber trifft sie ein Schuss und eine Kugel tritt in ihren Hals ein. Glücklicherweise ist die Verletzung aber keine tödliche. Die Kugel wird herausgeschnitten und nach einigen Wochen ist die Sache vergessen. Natürlich landet, siehe oben, nun der Funk vor den Schranken des Gerichts. Dort versucht er nun die Angelegenheit auf seine Weise darzustellen. Er habe den Revolver in der Tasche gehabt und zwar mit einem Tuch umwickelt.

In diese Tasche habe er nun den Tabak stecken wollen, dabei den Revolver

herausgenommen und als er das Tuch dazu entfernt habe sei eben der Schuss losgegangen - ohne sein Verschulden! Eine böse Absicht habe er in keiner Weise gehabt.
Die Geschworenen sind dazu völlig anderer Meinung, schuldig des Tötungsversuchs ist ihr Urteil – ohne Überlegung – und billigen dem Angeklagten mildernde Umstände zu. Das Ergebnis sind 2 Jahre Gefängnis und Ehrverlust auf gleiche Zeit.

Ich habe mir doch nichts dabei gedacht!

Am 7. Juni 1893 sitzt der Tagelöhner David Huhn zusammen mit seinem Freund Wiegand in äußerst feuchtfröhlicher Stimmung in einer Schmalkaldener Wirtschaft. Die gerade erhaltene Löhnung macht es möglich, so diverse Bierchen auch über den Durst zu trinken. Natürlich bleiben die Folgen nicht aus, aber was macht das schon – nichts Besonderes eigentlich, denn über den Durst, na ja, das kam schon öfter mal vor, nicht nur bei Huhn und Freund Wiegand. Leider bleibt es aber an diesem Tage nicht lediglich beim Alkoholrausch, denn auf dem gemeinsamen Heimweg begegnen die beiden nämlich dem Schreiner Richard Wahl. Es kommt aus welchem Grunde auch immer zunächst zu Wortgefechten und schließlich zum handfesten handgreiflichen Streit. Wie damals nicht unüblich, der Huhn hatte jedenfalls einen Revolver bei sich und gibt einen Schuss ab, der den Wahl aber glücklicherweise nur an der Hand verletzt. Also kommt es wie es kommen muss: Die Sache landet vor dem Meininger Schwurgericht, die Verhandlung findet am 16. Oktober des genannten Jahres statt. Angeklagt ist Huhn mit dem Vorwurf der versuchten Tötung und schildert zunächst den Hergang des Abends in seiner Version. Gewiss, er habe den Schuss abgegeben, aber auf keinen Fall habe er den Wahl töten wollen. Im Gegenteil, er habe in Notwehr gehandelt, denn der Wahl habe ihm im Streit mit der Faust aufs Auge geschlagen und immer mehr bedroht, sodass er eben in Abwehr den Schuss abgegeben habe. Wie gesagt, töten hätte er niemand wollen - wörtlich: „Ich habe mir doch nichts dabei gedacht!“.
Dem entgegen steht die Aussage des Schreiners Richard Wahl und verschiedener weiterer Zeugen. Wahl gibt an, der Huhn habe Streit angefangen und ihm dabei wiederholt absichtlich auf den Fuß getreten und da hätte er eben versucht, diesen von sich fern zu halten und schließlich habe er sogar die Flucht ergriffen. Der Huhn sei ihm immerzu gefolgt, habe ihn zum Stehen gebracht und den Schuss auf ihn abgegeben. Der Schuss war zwischen Mittel- und Ringfinger der rechten Hand hindurch gegangen und hatte an beiden Fingern

leichte Fleischwunden verursacht und hatte dem Verletzten 3 Tage Arbeitsunfähigkeit eingebracht. Huhn sei aber, so die Aussage des Wahl weiter, trotz der blutenden Wunden, ruhig weitergegangen und die Zeugen berichten, dass er unterwegs begegnenden Bekannten fast mit Begeisterung das Vorkommnis geschildert habe und zwar so, als ob er den Wahl so richtig totgeschossen hätte! Und Huhn hätte sogar aufgefordert, man möchte ihn anderentags doch benachrichtigen, wenn Wahl nicht tot sei, dann wolle er dem schon noch einen „ordentlichen Treffer" verabreichen. Alkohol hin, Alkohol her – die Geschworenen haben für solche Escarpaten absolut kein Verständnis. Sie sprechen wie zu erwarten den David Huhn schuldig des versuchten Totschlags ohne mildernde Umstände und demgemäß lautet das Urteil auf 2 Jahre Zuchthaus bei Abzug der 2 Monate Untersuchungshaft. Der benutzte Revolver wird gerichtlich eingezogen.

Ein herzloses Verbrechen

Man spricht von einem äußerst brutalen und herzlosen Verbrechen, das am 16. Juni am Meininger Schwurgericht zur Verhandlung kommt. Angeklagt des Totschlags ist der 1831 geborene, also derzeit 66 Jahre alte Landwirt Andreas Hübner. Ansässig in der Nähe von Hildburghausen, durchaus vermögend, wird er beschuldigt, am Nachmittag des 21. September des vorhergehenden Jahres vorsätzlich einen Menschen mit einem Schuss aus seinem Jagdgewehr getötet zu haben und zwar seine Ehefrau Barbara, geborene Arnold. Der Tathergang ist dabei in allen Einzelheiten bekannt, Hübner gibt seine Tat vorbehaltlos zu. Seine Vernehmung gestaltet sich allerdings schwierig, denn er ist nahezu taub und das Gericht muss deshalb eine Art Dolmetscher in Anspruch nehmen in Form eines Nachbars des Angeklagten.

Hübner gibt nun an, dass er mit seiner erschossenen Ehefrau in zweiter Ehe verheiratet war und das aus dieser Ehe 3 Kinder hervorgegangen sind. In den 80iger Jahren habe er bei einer Minensprengung sein Gehör verloren und dadurch sei er, wie er selbst angibt, sehr reizbar und vor allem sehr misstrauisch geworden. Seine Ehe sei auch nur anfangs einigermaßen glücklich gewesen. Später jedoch immer unglücklicher geworden. Infolgedessen habe er dann auch öfter als früher das Wirtshaus aufgesucht und schließlich den Plan gehabt, seinem unerquicklichen Dasein selbst ein Ende zu bereiten. Dreimal habe er versucht dies in die Tat umzusetzen. Einmal sei er nach einer besonders heftigen Szene mit seiner Frau in den Teich des Ortes gesprungen, allerdings wieder herausgefischt worden. Dann versuchte er sich in der Wohnung des Pfarrers zu erstechen. Dieser aber vereitelte das. Es sei ein Verbrechen. Schließlich hätte er sich dann die Jagdflinte auf die Brust gesetzt, aber der Schuss versagte!

Der Zwiespalt zwischen Mann und Frau ist letztendlich unüberbrückbar geworden. Hübner hatte dann sogar seinen Sohn in Verdacht, dass dieser mit seiner leiblichen Mutter verkehre, die im übrigen überall und also auch vorm Gericht als eine brave und fleißige Frau geschildert wird.

Hübner hat dann vor dem unseligen 21. September mehrfach gegenüber anderen Personen geäußert, dass er nun endlich nicht sich selbst, sondern seine Frau erschießen wolle, um endlich Ruhe zu haben.

Dieser 21. September verlief zunächst wie immer, so gegen Mittag kam Hübner dann aus dem Wirtshaus nach Hause, offenbar war dort sein fast ständiger Aufenthalt und, das scheint ebenso üblich gewesen zu sein, machte ihm seine Frau deswegen heftige Vorwürfe. Nach einigen hin und her gewechselten ziemlich deftigen Schimpfworten hat sich Hübner wieder zum Gehen gewendet mit den Worten: „Also, dich erschieß ich noch!“ Hübner aber ging nicht wieder ins Wirtshaus, sondern in seine im 2. Stock gelegene Wohnung, suchte sein geladenes Gewehr und schoss durchs Fenster unverzüglich auf etwa 30 Schritt Entfernung seine Frau wie einen tollen Hund nieder.

Andreas Hübner schildert vorm Gericht ganz im Detail, wie er angelegt habe und wie seine Frau, mitten durchs Herz getroffen eine Drehung machte und dann sofort tot zusammenstürzte. Ein auf dem Nachbargrundstück während dieser Augenblicke beschäftigter Mann gibt dazu als Zeuge an, dass Frau Hübner, dieweil eben Hübner nach oben ging, ihm sagte: „Mein Mann will mich erschießen, da bin ich dann endgültig meine Marter los!“ Und kaum habe die Frau diese Worte gesprochen, sei auch schon der Schuss gefallen.

Frau Hübner war - durch Herz und Lunge getroffen - augenblicklich tot. Hübner zeigte nicht die geringste Reue. Als auf seinem Hof beschäftigte Bauarbeiter in ihrem Schrecken die Arbeit einstellten und den Schauplatz der Untat verlassen wollten, schrie Hübner, sie sollten dies unterlassen und rief einen der Maurer sogar zu sich herauf ins Zimmer und unterhielt sich mit dem ganz ruhig auf dem Sofa sitzend und rauchend über den Anbau, der gerade auf dem Hofe vorgenommen wurde. Vorher ist er kurz hinunter gegangen, ums Haus herum und an die Leiche getreten und hatte die mit gleichgültigen Blicken gemessen und gesagt: „Nun hab' ich Ruhe vor dir, du liegst mir gut!“ Alsbald nach der Tat wurde Hübner natürlich festgenommen und in Gewahrsam der Justiz verbracht. Dem Gericht will er aber nun doch glauben machen, das er beim Abfeuern des Schusses wohl nicht bei Sinnen gewesen ist und das er den

Tod seiner Frau letztlich nicht gewollt habe. Und er behauptet auch, gegen den Eindruck der Aussagen mancher Zeugen, dass ihn seine Tat sofort gereut habe. Für sein kaltes, herzloses Verhalten aber hat er keine Erklärung.
Der Staatsanwalt schildert die Tat als einen bestialischen Racheakt, die in der Ausführung doch einem Mord streife. Mit kaltem Blute habe der Angeklagte seine Ehefrau mit der er immerhin 34 Jahre zusammenlebte und 3 Kinder hatte, wie einen tollen Hund erschossen und er bitte die Geschworenen, keine Milde walten zu lassen.
Und so kommt es auch. Wie zu erwarten, wird der Landwirt Andreas Hübner ohne Zubilligung mildernder Umstände schuldig gesprochen und gemäß dem Antrag der Staatsanwaltschaft zu 10 Jahren Zuchthaus und 10 Jahren Ehrverlust verurteilt.

Förster als Wilderer?

Die Angelegenheit steht an am 14. Juni 1897, 9 Uhr, im Meininger Schwurgericht gegen die Tagelöhner Robert Schilling und Albert Klein von Suhl wegen dem schweren Vorwurf des wissentlichen Meineides zur Verhandlung an. Schilling ist 21 Jahre alt, ledig und vorbestraft wegen Holzdiebstahl, Jagdvergehen und versuchtem Diebstahl, Klein ist 38 Jahre alt, verheiratet und wegen Forstdiebstahl mit 9 Tagen vorbestraft. Jetzt aber werden die beiden beschuldigt in einem Prozess gegen den Rohrbohrer Heinrich Schilling, übrigens ein Onkel des jetzt angeklagten Robert Schilling, in dem dieser wegen öffentlicher Beleidigung des Suhler Forstpersonals angeklagt war, ihre vor der Vernehmung geleisteten Eide wissentlich durch falsche Zeugnisse verletzt zu haben. Beide stellen dies in Abrede. Dabei ging es darum, das der genannte Rohrbohrer Heinrich Schilling die Äußerung getan hatte: „Wir haben in Suhl Forstbeamte, die selbst im Walde Schlingen legen!"
Deswegen angeklagt, erbot er sich dazu Beweise zu erbringen und gab unter anderem an, dass eben die beiden nun Angeklagten R. Schilling und A. Klein als Zeugen dazu dienen könnten. Robert Schilling hätte nun, wie angeführt war ja der Heinrich Schilling sein Onkel, sein Zeugnis verweigern oder ablehnen können, sich vereidigen zu lassen. Heute unter dem Vorwurf des Meineides gibt er dazu an, er sei damals zwar gefragt worden, ob er sich vernehmen lassen wolle, aber er sei eben nicht näher belehrt worden und es sei ihm auch gar nicht erläutert worden, dass er ja gar nicht zu schwören brauche.
Dies Versehen des damaligen Gerichtes kommt ihm nun wesentlich zu statten. Eine mögliche Strafe ist so auf ½ bis ¼ zu ermäßigen.
Zunächst aber doch noch etwas zu der Sache, über die der Onkel, also Heinrich Schilling, am 1. September 1896 vorm Suhler Schöffengericht Aussagen machte und die die Suhler Forstbeamten in keinem guten Licht erscheinen ließ. Die Beobachtungen, die der damals 13-jährige Schuljunge gemacht haben will, sie liegen also 8 Jahre zurück, bedeuten, das er einmal mit seinem Onkel von Hirschbach nach Suhl gegangen sei und dabei gesehen habe, wie ein Förster an einem Zaun von einem Loch zum anderen gegangen und Hasenschlingen in der Hand gehalten habe. Er nannte sogar den Namen des Försters. Sein Onkel habe den Förster angerufen und gedroht, er werde dies dem Oberförster melden. Der Förster sei daraufhin stillschweigend davon gegangen. Tags drauf aber habe man vernehmen müssen, dass sich eben dieser Förster in seiner Wohnung erschossen habe.
Auch bei der nunmehrigen Verhandlung bleibt Schilling bei seinen damaligen

Feststellungen, sagt aber, es sei möglich, das er seine Beobachtungen nicht einen, sondern eventuell auch einige Tage vor dem Tode des Försters gemacht haben könne. Das Gericht stellt dazu fest, dass der betreffende Forstmann schwer nervenleidend war und seinem Leben am 2. September 1889 ein Ende setzte. Wenn er also am Tage zuvor Hasenschlingen gelegt habe, so müsse das am Sonntag, dem 1.September, geschehen sein. Nun ist aber der Förster nachweislich an diesem Tage nach Meiningen gefahren, um den Medizinalrat Oberstabsarzt a.D. Dr. Wewe, der jetzt auch als Zeuge und Sachverständiger teilnimmt, wegen seines Leidens zu konsultieren und wohl erst abends gegen 9 Uhr zurückgekehrt. Der Angeklagte Klein, der übrigens einige Male von einem Forstlehrling, einem gewissen Koch, wegen Forstdiebstahl zur Anzeige gebracht worden war, sagte damals – am 1.September in Suhl – dazu eidlich aus, er und sein Freund, namens Ehmann, seien im Dezember 1895 mal spazieren gegangen und dabei habe er gesehen, das eben auch dieser Koch eine Hasenschlinge gelegt habe. Freund Ehmann bestätigte dazu, dass er mit Klein gegangen sei, er selbst habe aber nicht gesehen, das Koch eine Schlinge legte.

Der damalige Forstlehrling Koch ist jetzt auch wieder als Zeuge geladen. Er dient zur Zeit bei den Jägern in Schlettstedt, und bekundet dazu, es sei unwahr, dass er Schlingen gelegt hätte, denn das würde seine sofortige Entlassung zur Folge gehabt haben, Klein rede ihm das nur aus Rache nach. Er habe selbst oft gestellte Hasenschlingen entfernt. Und ein weiterer geladener Förster bezeugt dem Koch, das derselbe stets zuverlässig und pflichteifrig gewesen sei. Nachdem schließlich die Beweisaufnahme geschlossen, werden die vom Gericht zu beantwortenden Fragen gestellt, die dahin gehen, ob

1. Klein des wissentlichen Meineides schuldig,
2. R. Schilling des wissentlichen Meineides schuldig,
3. R. Schilling die falsche Aussage zugunsten einer Person,

rücksichtlich welcher er die Aussage ablehnen durfte, erstattet hat, ohne über sein Recht, die Aussage ablehnen zu dürfen, belehrt worden zu sein. Der Staatsanwalt beantragt die Bejahung aller Fragen, während der Verteidiger des R. Schilling die Freisprechung dessen beantragt, weil wegen der Länge der inzwischen verflossenen Zeit dessen Schuld nicht bestimmt nachzuweisen sei. Der Verteidiger des Klein plädiert ebenfalls auf Freisprechung, weil nicht nachzuweisen sei, dass dieser wissentlich etwas falsch geschworen habe.

Nach Beratung werden von den Geschworenen die auf Klein bezüglichen Fragen verneint, die anderen, den R. Schilling betreffenden, aber bejaht. Der Staatsanwalt fordert nun für R. Schilling eine Zuchthausstrafe von 1 Jahr und

3 Monaten mit 5-jährigem Ehrverlust, der Verteidiger hält eine Gefängnisstrafe von 8 Monaten für ausreichend als Sühne.
Das Urteil endlich lautet bezüglich Klein auf Freisprechung, gegen Robert Schilling auf 1 Jahr Gefängnis und Verlust der bürgerlichen Ehrenrechte für die Dauer von 3 Jahren.

Der Aufsehen erregende Mehliser Ekelfall

Irgendwie muss der Gemeindediener in Mehlis der 90iger Jahre des 19. Jahrhunderts eine wohl nicht immer im positiven Sinne bemerkenswerte Persönlichkeit gewesen sein. Mehrmals sah sich die damalige Presse genötigt über ihn zu berichten. Mag er seine Pflichten gegenüber der Gemeinde schon treu erfüllt haben, hin und wieder aber erregte er recht unrühmliches Aufsehen, da er seine Amtsgeschäfte oft nicht besonders taktvoll auszuüben pflegte. So etwa spielte er im Jahre 1890 (als nur ein Beispiel) bei einer solchen Prügelei mit Insassen eines Gemeindehauses eine nicht unerhebliche Rolle, wobei er allerdings selbst auch beträchtliche Blessuren hinnehmen musste. Hier nun soll berichtet werden von einem ganz anderen Fehltritt seinerseits, „unappetitlich und unsauber“ wie die Suhler „Henneberg Zeitung“ dazu schreibt, der sich im Jahre 1894 in der Wirtschaft der Witwe Christiane Kührt in Mehlis zutrug, dieser eine Anklage wegen Meineid einbrachte und letztlich sogar politisches Aufsehen erregte. Berichtete doch in Nr. 136 des Jahrganges 1894 das Gothaische sozialdemokratische „Volksblatt“ in einem Artikel unter „Mehlis“ über die Verhältnisse in der dortigen Gemeinde und endete dabei am Schluss mit dem folgenden Passus: „ … dass es doch in einem Gemeinwesen nicht mit rechten Dingen zugehen könne, in dem der Gemeindediener sich so betrinke, dass er in einer öffentlichen Wirtschaft ein Geschäft verrichtet habe, zu dem andere Sterbliche einen anderen, dafür extra bestimmten Ort aufsuchen!“
Das konnte natürlich die Mehliser Stadtverwaltung nicht auf sich ruhen lassen und verklagte unverzüglich den verantwortlichen Redakteur Joos des „Volksblattes“ auf Nachweis seiner ehrenrührigen Behauptung. Man zitierte dazu im Mai und August 1895 die Wirtin Christiane Kührt, sie wird als brave, 70-jährige Witwe beschrieben, im Mai und August 1895 vor das Schöffengericht zu Gotha, wo sie unter Eid zu Protokoll gab: „Ich weiß nichts davon, dass der Gemeindediener Hengelhaupt von Mehlis im November 1894 seine Notdurft in meinem Wirtshaus verrichtet hat und dass er an diesem Tage sinnlos betrunken war.“ Dazu aber trat der verklagte Redakteur nun den Beweis seiner Behauptung an und zwar unterstützt von Zeugen, das Frau Kührt wohl Kenntnis

von der Verunreinigung im Gastzimmer gehabt habe, denn sie hätte dieselbe nicht nur zuerst bemerkt, sondern sogar den durchnässten Stuhl aus dem Zimmer getragen, auf die Wasserpfütze Sägespäne gestreut und in Folge der üblen Gerüche die Fenster geöffnet!
Die alte Wirtin findet sich folglich unter dem Verdacht des wissentlichen Meineids, immerhin eine schwerwiegende Anklage, im Juni 1897 im Meininger Schwurgericht wieder, wo der Staatsanwalt ihre Schuld als erwiesen betrachtet. Sie habe wohl den Verursacher Hengelhaupt schonen wollen.
Die Geschworenen lassen nach recht langer Beratung eine unübliche Milde walten, wohl auch in Anbetracht der Umstände. Sie verneinen die Schuldfrage und das Gericht kann sicher mit Aufatmen die betagte Wirtin Kührt freisprechen.

Das tragische Ende eines Kirmesbesuches

In alten Zeiten wurden Zwistigkeiten nicht selten schließlich mittels Messer ausgetragen – mit eben oft blutigen Folgen. Die nachstehende Geschichte ereignete sich im Oktober des Jahres 1896 im kleinen Örtchen Gellershausen nahe Heldburg. Wer heute Heldburg hört, denkt sicher an die dort gelegene schöne Heldburg, die alljährlich stattfindenden Treffen der Ballonfahrer und natürlich an die ergreifende Liebesgeschichte zwischen der Schauspielerin Ellen Franz und Herzog Georg II. von Sachsen-Meiningen. Zeitgenossen sagten vom Theater-Herzog Georg II., er habe ausgesehen wie der liebe Gott. Seinerzeit sorgte allerdings gerade dieser Herzog für einen handfesten Skandal an allen Höfen in ganz Deutschland, als er seine Geliebte, die bereits erwähnte Schauspielerin Ellen Franz – nach dem Tode seiner zweiten Frau – heiratete. Was den einen skandalös erschien, war für die anderen einfach märchenhaft – ein regierender Herzog nimmt eine einfache Bürgerliche zur Frau. Herzog Georg II. überragte wegen seiner stattlichen Gestalt von über zwei Metern Größe und drei Zentnern Gewicht nicht nur körperlich sämtliche Fürsten des Zweiten Deutschen Kaiserreiches um Haupteslänge, sondern vermutlich auch an Geist.
Doch zurück zu den damaligen Ereignissen am 28. Oktober 1896. Damals hatte der 26-jährige verheiratete Korbflechter Karl Hellmuth aus Heldburg, er hatte sich dort vor 2 Jahren als Korbmacher niedergelassen, zusammen mit seiner Frau und deren Freundin die Kirchweih in Gellershausen besucht. Bis hinein in die späte Nacht hatte man sich in der Hauffschen Wirtschaft nach Kräften amüsiert und erst recht spät, nach 2 Uhr morgens, traten in sternheller

Nacht die Hellmuths den Rückweg nach Heldburg an. Noch in Gellershausen aber gerieten sie mit einer Reihe junger Burschen von Gellershausen in Streit und lauten Wortwechsel. Gründe dazu sind nicht überliefert. Vermutlich war sicher auch Alkohol im Spiel. Die Auseinandersetzungen gingen aber leider soweit, dass sich der Hellmuth, nach seiner Schilderung, verfolgt und sogar mit einem Stock angegriffen fühlte. Um sich zu wehren, griff Hellmuth schließlich zum Messer, einem kurzen Dolch in diesem Falle. Damals gehörte das wohl zur unumgänglichen Ausrüstung. Hellmuth glaubt aber niemand getroffen zu haben. Schreckliches Ergebnis jedoch: Einer der Gellershauser Burschen, ein gewisser Heinrich Volk, Müllerbursche, erhielt dabei durch mehrere Dolchstiche tödliche Verletzungen. Folglich findet sich Karl Hellmuth am 16. Juni 1897 vorm Meininger Schwurgericht auf der Anklagebank wieder, beschuldigt des Totschlags an dem genannten Müllerburschen Volk. Hier nun erklärt die Anklage, dass sich die Ereignisse doch anders zugetragen

hätten, wie sie Hellmuth schildere. Zwar sei der tatsächlich von dem getöteten Volk, der zudem in Begleitung seines Bruders und einer dritten Person war, angegriffen worden unter Zuhilfenahme eines gar zwei Meter langen Pfahles, diese drei hätten aber auf Grund einer Drohung des Hellmuth: „ ... wenn einer hergeht, ist er in drei Minuten eine Leiche!“ – das berichten Zeugen – doch von ihm abgelassen. Hellmuth aber habe die beiden mindesten 15 bis 20 Schritte nun seinerseits verfolgt und dabei den Heinrich Volk mit zwei Stichen in Hals und Rücken niedergestochen. Volk starb noch auf dem Wege und die Hellmuths setzten ihren Weg ohne nach ihm zu sehen nach Hause fort. Die Leiche des Volk blieb bis zum anderen Tage auf dem Wege liegen.
Vor Gericht gibt Hellmuth lediglich noch an, dass er keineswegs die Absicht gehabt habe, den Volk zu töten, von seiner Drohung will er nichts wissen. Zur Verhandlung sind nicht weniger als vier Sachverständige geladen: Dr. Berthold von Hildburghausen, Dr. Krause von Heldburg und Dr. Bertram und der Geheime Medizinalrat Domrich von Meiningen. Diese sind nahezu einhellig der Ansicht, dass Volk die tödlichen Stiche auf der Flucht und zwar von hinten empfangen habe und demnach also nicht als direkte Folge einer Bedrohung, wie der Angeklagte den Hergang schildert. Lediglich Dr. Bertram weist auf die Möglichkeit hin, dass auch die Angaben des Hellmuth der Wahrheit entsprechen könnten.
Die Geschworenen geben diesem Zweifel in ihrem Wahrspruch Raum. Sie verneinen den Totschlag und sprechen Hellmuth schuldig der Körperverletzung mit nachgefolgtem Tode, mildernde Umstände aber verneinen sie.
Karl Hellmuth wird zum Strafminimum, 3 Jahre Gefängnis, verurteilt. Ein wahrhaft trauriges Ergebnis eines eigentlich fröhlichen Kirmesbesuches.

Ein seltener Fall von Wilddieberei

Die beschriebene Verhandlung fand am 18. Januar des Jahres 1899 vor der Preußischen Strafkammer in Meiningen statt. Es betraf einen Fall der Wilddieberei, der damals als ein wahres Kabinettstück bezeichnet wurde. Auf der Anklagebank saßen fünf Personen und darunter als wohl meistbelasteter der Forsteleve Hugo Feldt, der damals in Erlau wohnte. Die anderen Angeklagten waren der Sattlermeister F. Siller, der Geschirrhalter Hellwig, der Tischler Siegling und der Schneidermeister Brock. Alle wohnhaft in Erlau. Im Falle des Feldt, der eigentlich zum Hüter des Waldes und zur Pflege des Wildes bestellt war, selbst aber zu einem Anführer einer Wilderergesellschaft wurde, war man überzeugt, dass dessen Anteil an der Sache eher in einen Schauer-

roman gehörte, als zu einem sonst eigentlich tüchtig geschilderten Beamten passe.
Als Sohn eines Forstbeamten kam besagter Feldt im Jahre 1893 zum königlichen Oberförster Schilling in Erlau in die Lehre. 1895 trat er beim Gardejägerbataillon ein und brachte es in kurzer Zeit zum Oberjäger, bis im vorigen Jahre, 1898 also, seine in den Jahren 1894-1895 verübten Wilddiebereien ans Tageslicht kamen und er aus dem Militärdienst in Unehren entlassen wurde. Vorm Gericht ist Feldt geständig in etwa 10 Fällen zusammen mit dem Mitangeklagten Siller, der selbst Jagdpächter ist, gewerbsmäßig im Bezirk der Oberförsterei Erlau eine große Anzahl Rehe und Hirsche geschossen zu haben, die vom Siller dann veräußert wurden. Der Erlös wurde in jedem Falle geteilt. Bei diesen Wilddiebereien führte Feldt die Büchse und schoss auch stets allein. Die anderen Angeklagten beteiligten sich in soweit, dass sie für die Bergung, Zerlegung und den Abtransport des Wildes sorgten. Siller, ein bisher unbescholtener Mann, ist dabei zusätzlich der Bedrohung angeklagt. Als nämlich die Wilddiebereien bekannt wurden, drohte er in einem heftigen Wortwechsel dem Holzhauer R. Schneider und dem Oberförster Schilling sogar mit Erschießen! Bei näherer Beleuchtung dieser Nuance allerdings, stellte das Gericht fest, dass dabei wohl beide Seiten verbal äußerst heftig aufeinander losgegangen waren und die Schuldfrage nicht mehr zu eruiert werden konnte, sodass Siller am Ende dann von diesem Anklagepunkt freigesprochen werden musste. Wegen der Wilderei und Hehlerei aber als solcher kam der Sattlermeister nicht frei, sondern musste 1 Jahr und 7 Monate Zuchthaus absitzen. Der Anführer Feldt wurde zu 2 Jahren Gefängnis und 5 Jahren Ehrverlust verurteilt. Hellwig, der ein einziges Mal ein Stück Wild aus dem Walde abgefahren hatte und dafür von Siller 6 Mark Fuhrlohn erhielt, musste dies mit 1 Woche Gefängnis büßen. Siegling, der öfter dabei war, Wild aus dem Wald zu schleppen, wurde mit 2 Monaten Gefängnis bestraft und Brock erhielt wegen unbefugter Jagdausübung eine Geldstrafe von 30 Mark.

Raub von drei Mark

Die beiden, um die es im Folgenden geht, heißen Franz Ferdinand L. und August Johann Z. und sind wohnhaft in Schleusingen. Sie finden sich am 10. Februar 1908 vor dem Schwurgericht Meiningen wieder unter der Anklage wegen Raubes.
Zunächst schildert der August Johann (er ist gerade mal 32 Jahre alt, aber immerhin schon Vater von 5 Kindern im Alter zwischen 1 und 8 Jahren und

leider auch schon erheblich vorbestraft) dem Gericht dazu die Angelegenheit folgendermaßen: Am 14. Dezember ging er schon am Vormittag von zu Hause weg in Richtung Gerhardtsgereuth, um dort, aus welchen Gründen auch immer, einen Hund zu holen. Auf dem Wege traf er dann den Franz Ferdinand, dass heißt er holte ihn ein, weil der zu dieser Zeit schon relativ unsicher auf den Beinen war und den Weg in Schlangenlinien zurück legte. Franz Ferdinand, 48 Jahre alt, verwitwet, obdachlos und dem Trunk ergeben – sein Strafregister reicht von Betteln und Landstreichen bis zum Arbeitshaus - stand also bereits wieder zumindest ein wenig unter Stoff und erzählte sofort dem August Johann, die beiden kennen sich gut, dass er im Schießhaus Schnaps mitgenommen habe, aber nicht bezahlen konnte. Wieso er also den Stoff trotzdem bei sich hatte ist nicht überliefert, aber man kann sich den Vorgang dazu wohl denken. August Johann dagegen hat Geld bei sich, 6 Mark sogar und damit kehrten die beiden in Gerhardtsgereuth unverzüglich in eine Wirtschaft ein. Die Folge war, dass der Franz Ferdinand alsbald voll von Schnaps und nun tatsächlich betrunken ist. In feuchtfröhlicher Stimmung, denn August Johann hat auch beträchtlichen Durst entwickelt, machte das Duo nun die Bekanntschaft eines gewissen Wilhelm O. aus Oberwind, der allerdings zu diesem Zeitpunkt auch bereits zumindest angetrunken gewesen sein soll. Dieser Wilhelm, eben weil er nicht mehr so ganz sicher in der Orientierung war, bat nun die beiden Schleusinger, ihn auf dem Rückweg nach dort mitzunehmen. So geschah es auch, aber eben jetzt bei allen Beteiligten unter beträchtlichen Schwierigkeiten auf Grund des vorangegangenen reichlichen Alkoholgenusses. Wilhelm und Franz Ferdinand konnten sich kaum auf den Beinen halten, erklärte der August Johann dem Gericht. Ein kleines Stück hinter Gerhardtsgereuth fielen beide hin und Franz Ferdinand rief dabei dem Wilhelm zu: „Kerl, bist du aber besoffen, da pass nur auf, dass du die paar Sechser, die du noch hast, nicht verlierst!“ Wilhelm hat daraufhin sofort in seine Tasche gegriffen, triumphierend das Portmonee in der Luft geschwenkt und gerufen: „Da hab' ich's noch!“ und in dem Augenblick soll der Franz Ferdinand nun dem Wilhelm das Portmonee weggenommen haben und fortgerannt sein.

August Johann erklärt dem Gericht nun weiter, dass er dem Franz Ferdinand nachgerannt sei, dem das Geld wieder abgenommen und dem Wilhelm zurückgegeben habe. Weiter habe er mit den Ereignissen nichts zu tun, er sei auch nicht weggerannt, sondern sei ruhig weiter in Richtung Schleusingen marschiert.

Das aber will Franz Ferdinand nicht wahrhaben, nicht er, sondern August Johann habe das Portmonee dem Wilhelm abgenommen und zwar nachdem er diesen mit einem plötzlichen Stoß hingeworfen habe, sie seien keinesfalls von alleine hingefallen, sondern da hätte der August Johann schon mitgeholfen! Und der August Johann habe erst drei Mark aus dem Portmonee genommen und dann erst dem Wilhelm zurückgegeben. Und geflohen sei auch er nicht, sondern mit August Johann zusammen über Ratscher nach Schleusingen gegangen.

Dazu gibt nun auch der Wilhelm eine Erklärung ab und bestätigt, dass er mit den beiden habe nach Schleusingen gehen wollen. Unterwegs habe ihn der Franz Ferdinand nach Geld gefragt und da habe er gleich gemerkt, dass da der andere, August Johann nämlich, doch sehr aufmerksam gewesen sei. Und hingefallen sei er zwar tatsächlich, aber eben durch einen plötzlichen Stoß, wer das war, weiß er nicht mehr so recht, aber er nimmt an der August Johann könnte es schon gewesen sein. Franz Ferdinand sei dabei auf ihn drauf gefallen und habe ihm das Portmonee aus der Tasche geholt und sei damit fortgerannt. Nur auf sein Rufen hin sei er schließlich zurückgekommen und habe es ihm zurückgegeben. Drei Mark aber hätten gefehlt. Ja und er fügt hinzu, als er am Boden gelegen, hätte ihm auch einer von den beiden die Arme festgehalten und er glaube, dass das der August Johann gewesen sei.

Nach all dem gehörten sind sich jedenfalls Staatsanwalt und Verteidiger einig, dass der Franz Ferdinand des Raubes unter mildernden Umständen schuldig ist. Den August Johann aber hält der Verteidiger für unschuldig.

Die Geschworenen beraten nur kurz und sagen: Franz Ferdinand L. ist des Raubes schuldig unter Annahme mildernder Umstände und hinsichtlich August Johann Z. wird die Schuldfrage verneint. Er wird demgemäß freigesprochen, Franz Ferdinand L. aber zu 1 Jahr und 3 Monaten Gefängnis verurteilt.

Mordversuch am eigenen Vater

Es ist eine turnusmäßige Mittwochssitzung der Preußischen Strafkammer zu Meiningen im Juni 1904 bei der ein einerseits recht interessanter, andererseits aber schon erschütternder Fall zur Verhandlung ansteht. Es richtet sich dabei die Anklage an den erst 13 Jahre alten Schulknaben Hugo K. aus Goldlauter bei Suhl wegen dreifachem Mordversuch begangen gegen seinen eigenen leiblichen Vater, den 43 Jahre alten Porzellanmaler Franz K. Es ergibt sich alsbald in den Vernehmungen ein erschreckendes Bild zum Umfeld des Tatherganges. Vater K. als ehrenwerter Mann in Goldlauter bekannt, ist zum dritten Mal verheiratet. Seine ersten beiden Frauen sind verstorben. Die derzeitige Ehe wurde vor vier Jahren geschlossen und nun sind insgesamt sechs Kinder vorhanden

unter denen der 13-jährige Angeklagte der Älteste ist. Diese dritte Ehe ist wohl lediglich die ersten beiden Jahre einigermaßen im Einklang verlaufen. In den letzten zwei Jahren wurde das Verhältnis der Eheleute immer angespannter. Vater K. der recht gute Verhältnisse in pekuniärer Sicht nachweisen kann, gibt in der Vernehmung dazu an, dass seine Frau ihre Pflichten aufs äußerste vernachlässigt und dazu noch die Kinder zum Lügen ermuntert hat. Sie habe in der Hauptsache immer nur Klatsch und Tratsch im Kopfe! Empört habe er feststellen müssen, wie sie die Kinder heftig geschlagen und misshandelt hat und dann aber, offenbar um das Geschehene vergessen zu machen, versucht habe, diese mit Naschereien wieder an sich zu fesseln. Insbesondere auf seinen Jungen Hugo habe sie einen furchtbaren Einfluss ausgeübt. In früheren Jahren habe der Junge sehr wenige Strafen erhalten. In letzter Zeit habe er aber ihn vielfach jedoch bei Lügen und Diebstählen ertappt und da habe er ihn schon gehörig abgestraft. „Wie denn?“ will dazu der Richter schon wissen und Vater K. muss bekennen, dass er dazu immer einen besonderen Riemen benutzte und natürlich auf den blanken ...!
Das Verhältnis der Ehegatten war schließlich derart, dass man im Januar des Jahres auseinander ging. Dazu beigetragen hat wohl auch noch, dass Frau K.

den Buben Hugo öfter veranlasste an seinen Vater recht ungehörige Witzkarten zu schreiben. Sie muss dabei auch einmal geäußert haben: „Es ist nicht eher Ruhe, bis eins von uns weg ist!"
Am 12. Januar dieses Jahres, also 1904, soll nun der Hugo den ersten Giftmordversuch gegen seinen Vater unternommen haben und zwar dergestalt, dass er ihm Schwefelsäure in eine Arznei mischt. Den zweiten Versuch unternahm er dann am 4. Februar, indem er seinem Vater ins Essen giftige Farben beimischte. Der Junge muss aber bald, nach wenigen Tagen festgestellt haben, dass dies keinesfalls die gewünschte Wirkung hatte, sodass er im dritten Versuch die Sache mit stärkerer Dosis wiederholte. Da aber nun wurde Vater K. doch endlich aufmerksam, es war ihm allerdings schon bei der Schwefelsäure in der Arznei nicht besonders gut gewesen, aber das hatte er eben der Arznei geschuldet. Jedenfalls kam nun die Gerichtsbarkeit ins traurige Spiel und zunächst gegen die Ehefrau wegen Mordversuch. Die Erhebungen dazu ergaben aber nichts, sodass das Verfahren eingestellt werden musste und man den Schuldigen jetzt im Sohn Hugo suchte. Der wiederum bekennt sich sofort der beiden letzten Versuche schuldig, mit der Schwefelsäure in der Arznei, will er aber nichts zu tun haben. Er gibt zu, dass er seinen Vater habe „totmachen" wollen, da dieser die Mutter und vor allem auch ihn furchtbar und immer öfter und härter geschlagen habe. Und mit aller Entschiedenheit nimmt er erregt seine Stiefmutter in Schutz, soweit diese belastet erscheint und erklärt, dass diese mit der ganze Sache nichts zu tun habe. Vater K. aber behauptet bestimmt, dass insbesondere seine Frau ihre Hand mit im Spiele habe.
Das Gericht folgt den Aussagen, die zweifelsfrei vorliegen: Hugo K. wird wegen zweier vorsätzlich vorgenommener Versuche der Körperverletzung durch Gift schuldig gesprochen. Er tat dies wohl um sich für erhaltene Züchtigungen zu rächen – das Gericht ist hier der Meinung, dass diese trotz der großen Härte berechtigt waren. Das Urteil lautet auf 4 Monate Gefängnis zusätzlich 3 Tage, wegen nachgewiesener Diebstähle und man empfiehlt nach verbüßter Strafe den Jungen in eine Besserungsanstalt zu übergeben.

Der Kindesraub oder doch mehr?

Das Geschworenengericht zu Meiningen beschäftigt am 7. Juni 1904 ein Verbrechen, dass wie man im „Henneberger Kreisblatt" dazu schrieb, damals recht selten vorkam, nämlich ein Kindesraub, durch List ausgeführt in der Absicht, das Kind zum Betteln zu veranlassen oder es zu unsittlichen Zwecken zu missbrauchen. Ende März des gleichen Jahres jedenfalls war der 12-

jährige Sohn braver Eltern aus Meiningen plötzlich spurlos verschwunden. Zunächst vermutete man, dass dem Jungen ein Unglück widerfahren sei oder dass er sich gar selbst ein Leid angetan habe. Nach mehrtätiger Angst und Sorge der Eltern, die von allen deren Bekannten geteilt wurde, kam plötzlich von dem Jungen selbst ein Lebenszeichen aus Weimar im Elternhause an und der natürlich ebenfalls informierten Polizei gelang es, den Jungen in Weimar ausfindig zu machen. Er befand sich dort in der Gesellschaft eines Mannes. Der Junge kam also sofort wieder nach Hause und der Mann wurde festgenommen. Nun sitzt er in Meiningen auf der Anklagebank. Es ist der 41 Jahre alte Geschäftsagent und Buchbinder Flemming aus Eibenstock im Königreiche Sachsen. Der Angeklagte ist Witwer und dass Gericht stellt alsbald fest, dass er mit einer geradezu unheimlichen Strafliste aufwarten kann: 33 Vorstrafen, darunter eine Gefängnisstrafe von 6 Monaten wegen widernatürlicher Unzucht. Im Frühjahr des Jahres erst war er aus dem Gefängnis entlassen worden und hatte sich nach Leipzig begeben wollen. Auf dem Bahnhof in Coburg aber traf er den bewussten 12-jährigen Knaben aus Meiningen, der

dort gerade den Fahrplan studierte. Besagter Knabe hatte nämlich am selben Morgen in der Schule in Meiningen eine äußerst schlechte Zensur erhalten und aus Furcht vor Strafe holte er einfach seine Ersparnisse (8 Mark) und war in der Absicht, seine Tante zu besuchen nach Coburg gefahren. Natürlich hatte er seinen Eltern davon nichts verlauten lassen. In Coburg angekommen, hatte er aber sogleich sein Handeln bereut und war eben gerade im Begriffe gewesen zurückzufahren nach Meiningen, als er von seinem Verhängnis, dem Angeklagten, angesprochen wurde. Durch listige Vorspiegelungen brachte der den Jungen soweit, dass er sich ihm anschloss. Flemming hatte den Knaben Leipzig als eine sehr schöne Stadt geschildert, in der man die Welt kennen lernen und manche Abenteuer bestehen könne. So reisten denn die beiden mit Unterbrechungen in Lauscha, Probstzella, Saalfeld und Jena zunächst nach Weimar. Einmal in der Gesellschaft und in den Händen des Angeklagten war der auch von sich aus völlig im Banne dieses Mannes. Der gab den Jungen den Namen Richard Flemming, stellte ihn, wo nötig als seinen Sohn vor und ließ sich von ihm bei seinen Bettelgängen in den angeführten Städten unterstützen. Der Angeklagte erklärte dem Gericht, dass er mehr Geld bekäme, wenn er in Gesellschaft eines „hübschen Sohnes“ anklopfte. Er hatte dazu dem Jungen extra eine lange Hose gekauft, um vor Nachforschungen sicher zu sein. Der Junge aber schickte seine nun nicht mehr nötige kurze Hose zusammen mit einigen kleinen Geschenken von Weimar aus an seine Eltern zurück. Dadurch konnte letztlich sein Aufenthalt ermittelt werden. In den verschiedenen Städten, in denen die beiden auch nächtigen mussten, suchte der Angeklagte immer wieder, sich dem Jungen auch unsittlich zu nähern. Der Junge erklärte vor Gericht, dass er den Mann jedoch nicht an sich heran gelassen habe.
Letztlich wurde den Geschworenen die Frage vorgelegt, ob der Angeklagte durch List eine minderjährige Person den Eltern entzogen hat, um sie zum Betteln und zu unsittlichen Zwecken zu missbrauchen. Der Staatsanwalt beantragte die Bejahung der Frage, der Verteidiger deren Verneinung.
Das Gericht entschied sich für schuldig und das Urteil lautete auf 2 Jahre und 3 Monate Zuchthaus – im Leben des Angeklagten damit die 34. Strafe.

Zweistündiger Kampf im Wald

Von einer Wilderergeschichte ganz eigentümlicher Art sprach die damalige Suhler Zeitung, also die „Henneberger Zeitung“, als sie von einer Verhandlung der Preußischen Strafkammer in Meiningen berichtete, die am 19. Juni 1906 stattfand. Da hatte nämlich am 17. März des vergangenen Jahres der Kö-

nigliche Forstaufseher Kettner aus Viernau, so gegen 7 Uhr abends bei einem Patrouillengang im Forste einen Mann entdeckt der eine Hacke in der Hand hielt. Nichts eigentlich Ungewöhnliches, aber der Umstand, dass der Mann beim Erblicken des Försters unübersehbar erschrak, machte diesen halt stutzig. Man kannte ja, dass im Walde eben auch Dinge vorgingen ... Also erklärte der Forstmann dem offensichtlich Ertappten, dass er ihn visitieren müsse. Der aber verbat sich das sehr energisch und leistete auch der nun folgenden Aufforderung des Beamten, ihn zum Bürgermeister des nächsten Ortes zu begleiten, heftigen Widerstand. Dem Förster blieb demnach nichts anderes übrig als zur Verhaftung des Mannes zu schreiten. Dieser aber, eine robuste, starke Gestalt, widersetzte sich dem mit aller Kraft und drang drohend mit erhobener Hacke auf den Förster ein. Dieser ließ sich nicht einschüchtern und es kam zum Ringen. Als hierbei der Förster einmal über die Brust des Mannes fuhr, fühlte er unter dessen Kleidern einen Gewehrschaft. Aha – also doch! Das Ringen und Kämpfen dauerte über 2 Stunden, ja über 2 Stunden. Es wurde schon recht dunkel im Walde, als der Förster seinen Gegner dann schließlich doch so mürbe gemacht hatte, dass dieser sich von ihm die Hände binden ließ. Als das geschehen war, schnitt er ihm die Kleidung auf und siehe da, eine zerlegbare Wildererbüchse kam ans Tageslicht. Der Mann weigerte sich aber immer noch seinen Namen zu nennen und dem Förster zu folgen. Was also blieb diesem übrig? Er band den mutmaßlichen Wilderer an einen Baum, um Hilfe holen zu können. Als man aber wieder am Tatort eintraf war der gefesselte Mann verschwunden. Ob selbst befreit oder mit Hilfe anderer musste dahingestellt bleiben.
Erst einige Zeit später wurde der „harmlose“ Spaziergänger, denn tatsächlich als der Polier Gotthard Th. aus Bermbach erkannt, der zwar von dem ganzen Vorgang nichts wissen wollte, aber auf die bestimmte Aussage des Försters schließlich von der genannten Strafkammer wegen unerlaubtem Waffenbesitz und Widerstand gegen die Staatsgewalt zu 4 Monaten Gefängnis verurteilt wurde.

Unklare Geschichte von Holzdieberei

Auf Grund einer Anzeige verschiedener Schneidmühlenbesitzer und Holzhändler aus Suhl, Wernshausen und Umgebung befasst man sich an der Preußischen Strafkammer in Meiningen Mitte Juli des Jahres 1906 mit deren Angelegenheit. Nach der haben eben diese oben genannten in den letzten Jahren öfter die trübe Erfahrung machen müssen, dass ihnen von ihren im Wald erworbenen Holzbeständen ganz erhebliche Mengen Fuhrenweise entwendet, ganz einfach gestohlen wurden. Der Schneidmühlenbesitzer Schlegelmilch von Suhl schätzt allein seinen auf diese Weise erlittenen Schaden auf 3 500 Mark. Angeklagt des Diebstahls bezüglich dessen sind deshalb der Schneidmühlenbesitzer Friedrich H. von Heinrichs und dessen Sohn, Geschäftsführer Otto H., wobei zu beachten war, dass im Jahr voraus, also 1905, zwei nahe Verwandte, nämlich Richard und Michael H. dieser jetzt Angeklagten wegen desselben Deliktes – Holzdiebstahl – mehrere Monate Gefängnis verbüßen mussten. Jetzt geht es dabei um vier Bloche aus dem Silbergrund bei Heinrichs, die dem Schneidmühlenbesitzer Schlegelmilch gehörten und mit dessen Zeichen (ein spezieller Hammerschlag) versehen waren und einen Wert von 200 Mark verkörperten. Auf Grund dieses Zeichens fand man schließlich die Hölzer und zwar auf dem Hofe der H'schen Schneidmühle. Die beiden Angeklagten H. bestreiten aber vehement ihre Schuld und geben an, dass sie nicht wüssten, wie denn dieses Holz auf ihren Hof gekommen sei! Und ein Gehilfe der Angeklagten sagt dabei sogar als Zeuge aus, dass er sich schon manchmal gewundert habe, was so für Hölzer auf dem Hof gelegen seien und seiner Meinung nach sei da manches wohl nicht mit rechten Dingen zugegangen. Er jedenfalls habe die Gewissheit gehabt, dass mehrfach gestohlenes Holz verarbeitet worden ist und legt dazu noch dem Gericht Beweise in Form abgesägter Holzscheiben mit dem Hammerschlag vor als ein corpus delikti. Dies alles aber reicht nicht zur Überführung der Angeklagten aus. Zwar betont der Staatsanwalt, dass schon schwerer Verdacht gegen die Angeklagten bestehe, der strikte Beweis des Holzdiebstahls in diesem Falle sei aber nicht erbracht – er müsse deshalb die Freisprechung der Angeklagten beantragen. Und das Gericht schließt sich dieser Auffassung an und die Angeklagten gehen straffrei aus. Damals war man dann schon der Meinung, dass diese diesmal eben lediglich ein bisschen mehr Glück hatten als ihre im Vorjahr bestraften Verwandten.

Geschichten aus einer kleinen Garnison

Im Jahre 1903 herrschte in Meiningen – Residenz-, Theater- und auch Garnisonsstadt – beträchtliche Erregung unter den Oberen, na ja Zehntausend waren es nicht, aber immerhin unter ebendiesen. Hatte doch ein Angehöriger des dortigen Militärs, ein gewisser Leutnant Bilse, eine Broschüre geschrieben und auch drucken lassen auf Grund derer er sich schließlich unter Ausschluss der Öffentlichkeit vor Gericht wieder fand, angeklagt wegen Beleidigung.

In seinem Büchlein „Aus einer kleinen Garnison" schilderte er nämlich Begebenheiten und handelnde Personen so deutlich, dass seine Vorgesetzten in Meiningen – ohne natürlich mit dem Namen genannt zu werden – offenbar nur wenig Mühe gehabt hatten, sich wieder zu erkennen. So wurden einem Oberst von Kronan „krumme Beine" und seiner Frau ein „Gouvernantengesicht" nebst „schlecht sitzendem Kostüm" zugeschrieben. Oberleutnant Leimann schilderte er als „verwachsenen Menschen mit birnenförmigen Kopf und Schweinsäuglein", Oberleutnant Borgert als „Intriganten mit stechenden Augen", Rittmeister Kahle als „Schusterjungengesicht mit schmutziger Wäsche" und dem Regimentsadjutanten sagte er gar „Selbstgefälligkeit und durch Gefräßigkeit Schrecken aller Hausfrauen" nach! Obwohl vor Gericht als Zeugen gehörte Freunde, ebenfalls Angehörige der Garnison, aussagten, dass sie in den handelnden Personen „Aus der kleinen Garnison" niemand wieder erkennen könnten und sich selbst auch nicht betroffen fühlten, kannte das Gericht keine Gnade. Es verurteilte Leutnant Bilse zu 6 Monaten Gefängnis.

Wenn man aber nun glaubte die Ruhe in Meiningen wieder hergestellt zu haben, so irrte man sich alsbald gewaltig, denn im August des folgenden Jahres, also 1904, mussten dort erneut Untersuchungen vor einem Kriegsgericht eingeleitet werden ebenfalls wegen Beleidigung Vorgesetzter durch einen Offizier der Garnison. Leutnant Hemman, Angehöriger des 32. Infanterieregimentes, hatte einen Roman beim Verlag Sattler erscheinen lassen unter dem Titel „Carries Briefe an einen Freund, Erinnerungen einer Amerikanerin in einer kleinen Garnison". Dazu muss man wissen, dass dieser Leutnant Hemman, eine zeitlang an die deutsche Botschaft in Rom kommandiert, mit einer reichen Amerikanerin verheiratet und wirtschaftlich außerordentlich gut situiert war. Die in Briefform im Buch wiedergegebenen Episoden schilderten dabei das Milieu so genau, dass der Leser sofort erkennen konnte was gemeint ist und so fühlten sich alsbald eine Reihe der ersten Familien in Meiningen ziemlich stark kompromittiert. Es wird also zunächst geschildert die Reise in eine neue Garnison (hier geht offenbar Hemman auf seine Übersiedlung von Rom nach Meiningen ein), während der reisende Offizier vom Zoll aufgefordert wurde seine Uniform zu verzollen, weil er die Helmspitze nicht aufgeschraubt hatte! In der neuen Garnison angekommen findet sich dann die Gattin des Offiziers, die Amerikanerin, bald in Konflikt mit dem dortigen Obersten des Regiments, der offenbar alles „Fremdländische" hasst. Dann schildert die Amerikanerin weiter ihre Beobachtungen bei Privatgesellschaften der Offiziere des Regiments, den „Kommiß-Pekkos", wie sie diese nennt und bei denen der Klatsch

über den lieben Nächsten immer das Hauptthema der Unterhaltung abgibt. Der Verfasser, Leutnant Hemman, kommt dann auf die auch in Meiningen bestehende Kluft zwischen Adel und Bürgertum in der Armee zu sprechen. Für den Herrn Oberst zum Beispiel schiene die Welt erst mit dem Baron anzufangen. Ferner kritisiert er die Moral der Kameraden. Einer etwa, anscheinend ein großer Kinderfreund, lade häufig Kinder aus seinem Bekanntenkreise ein, um sie mit Schokolade und Kuchen zu bewirten. Die Kleinen würden aber immer von einem meist recht jungen, hübschen „Kinderfräulein" begleitet, mit dem der Gastgeber dann gewöhnlich in einem separaten Gemach auf ein, zwei Stunden verschwinde! Das solle aber kein Einzelfall sein. Ähnliches würde häufig berichtet und sei wohl sehr gebräuchlich in dieser Gesellschaft. Aber – so sagt der Verfasser weiter – solange aus diesen Gebräuchen kein öffentlicher Skandal gemacht werde, drücke man beide Augen zu. Dann rügt er die allgemein geübte gänzliche Meinungslosigkeit Untergebener gegenüber ihren Vorgesetzten. Er schreibt: „Der Offizier ist abhängig von seinem Vorgesetzten, deren Ansichten sind maßgebend und es ist daher natürlich, sich bei den Vorgesetzten so viel wie möglich in ein gutes Licht zu setzen, zu ‚schustern'. Hierzu sind alle Mittel recht. Ein Untergebener, der vorwärts kommen will, hat niemals eine eigene Meinung; ich habe es mit angesehen, wie ein Offizier seine Ansicht, die er vorher als die allein richtige bezeichnet hatte, nach der des Herrn Major änderte und wie beide sogar die letztere aufgaben, als der Herr Oberst eine dritte als die seine bezeichnete". Insbesondere tadelt Hemman in seinem Buch, dass die Frauen der höheren Offiziere sich denen der subordinierten Kameraden gegenüber ebenfalls als Vorgesetzte betrachtet wissen sollen.

Die damalige Presse, etwa das Schleusinger „Henneberger Kreisblatt", gibt trotz aller Treue zur Obrigkeit immerhin zu, dass das Buch Hemmans nach mehr als einer Richtung hin zu denken gäbe. Denn der Verfasser sei ein mit allen Glücksgütern gesegneter Mann und keineswegs ein „verbitterter Offizier"! Er schriebe nicht aus Geldnot und greife doch zur Feder! Welche Erfahrungen müssten da voraus gegangen sein, um diesen Entschluss in ihm reifen zu lassen! Die Verhandlung gegen Hemman findet vorm Kriegsgericht der 22. Division unter strengstem Ausschluss der Öffentlichkeit statt und endet am 17. September 1904 mit einem Urteil ähnlich wie im Fall Bilse auf 6 Monate Gefängnis und Dienstentlassung.

Leutnant Hemman legte zum Urteil sofort Berufung ein und am 12. Oktober findet dazu der Termin vor dem Oberkriegsgericht in Kassel statt. Die Verhandlung ist von vornherein wegen des Aufgebotes von über 60 Zeugen der Verteidigung, die Justizrat Trieß übernommen hat, auf 2 Tage festgesetzt. Natürlich wieder unter strengstem Ausschluss der Öffentlichkeit. Die Bemühungen der Verteidigung sind vergebens. Das Oberkriegsgericht verwirft die Berufung, angeblich weil durch die erlittene Untersuchungshaft bereits 1 Monat der verhängten Strafe als verbüßt anzusehen ist.

Das anstößige Buch aber wird aus den Buchhandlungen entfernt und die Druckplatten und Formen im Verlag Sattler beschlagnahmt.

Der Fall des Lehrers H.

Am 6. und 7. Mai des Jahres 1904 berichten die Suhler „Henneberger Zeitung" sowie das „Henneberger Kreisblatt", dass sich der an der Schule im Oberland angestellte, 34 Jahre alte Lehrer Adolf H. in unverantwortlicher Weise mit seinen Schülern beschäftigt hat. H. hatte die Gewohnheit in seiner Privatwohnung Knaben der unteren Klassen Nachhilfeunterricht zu erteilen. Dabei verging er sich nahezu regelmäßig an diesen im Sinne des § 174 des

Reichsstrafgesetzbuches. Um die Betroffenen zum Schweigen zu bringen, versprach er gute Noten, verteilte Süßigkeiten, drohte allerdings auch mit der Ermordung, falls sie von seinen Manipulationen etwas verraten würden. Dies ging jahrelang so, bis schließlich einer der Jungen, der wohl unter den Sudeleien des H. schwer litt, davon seinem Vater erzählte, worauf dieser H. zur Rede stellte. Er erhielt aber keine Antwort. Daraufhin zeigte er den Lehrer bei der Suhler Polizeibehörde an. H. erschien am folgenden Tag nicht in seiner Schule. Seine Wohnung wurde deshalb auf polizeiliche Anordnung geöffnet, jedoch leer vorgefunden. H. war geflüchtet und man nahm zunächst sogar an, dass er Selbstmord begangen haben könnte, da auf solche Taten Zuchthaus stand. Man konnte ihn aber alsbald festnehmen. Am 8. Oktober des gleichen Jahres fand dann vor der Preußischen Strafkammer Meiningen der Prozess gegen ihn statt. Aus der Untersuchungshaft vorgeführt also der 1878 geborene Adolf H., Sohn eines Gutsbesitzers, der zunächst eine Karriere bei der Post machen wollte, aber bald nach entsprechender Ausbildung in den Schuldienst wechselte. Er zeigt sich dem Gericht als eine recht kräftige Erscheinung mit kahlem Kopf und Schnurrbart und wird beschuldigt, als Lehrer und Erziehungsberechtigter zunächst in den Jahren 1897 bis 1901 in Viernau, wo er anfangs angestellt war, dann aber in den Jahren 1901 bis 1904 in Suhl im Sinne von § 174 des St.G.B. sich in mindestens 26 Fällen an Knaben vergangen zu haben. H. leugnet nicht, versucht sich aber damit zu rechtfertigen, dass er dazu einen starken Hang habe, dem zu widerstehen ihm nicht möglich sei. Zur Verhandlung sind als Zeugen geladen sieben der betroffenen Knaben und der Rektor Frey der Suhler Schule. Infolge des umfassenden Geständnisses des Angeklagten ist allerdings nur die Vernehmung von einigen der Knaben notwendig, die in allen Einzelheiten schildern, was ihnen in H.'s Wohnung widerfahren ist und dessen Aussagen in allem bestätigt. Dann befragt man den Sachverständigen, Professor Binswanger aus Jena. Der hat den Angeklagten ausreichend lange Zeit beobachtet und bekundet, dass H. für sein Tun voll verantwortlich ist, bescheinigt ihm aber eine wohl geringe Widerstandsfähigkeit gegen sinnliche Anfechtungen. Schließlich hat der Staatsanwalt das Wort, der die Taten des H. mit der Pest vergleicht und unter keinen Umständen Anlass für eine Strafmilderung sieht. Er fordert im Hinblick auf die vielen Opfer und die lange Zeit in der die Vergehen ausgeführt werden konnten eine Zuchthausstrafe von 12 Jahren.

Das Gericht aber folgt dieser harten Forderung nicht. Es gesteht dem Angeklagten Adolf H. mildernde Umstände zu und verurteilt ihn zu 6 Jahren Gefängnis und 6 Jahren Ehrverlust.

Das Urteil macht auf H. bei seiner Verkündung keinerlei Eindruck, er wusste wohl allzu gut was ihm bevorstand, hatte er doch seinen Opfern gegenüber geäußert, dass er gegebenenfalls ins Zuchthaus komme.
Heute haben in den Medien Fälle, die Sex mit Kindern zum Thema haben, einen hohen Stellenwert. So beklagenswert in jeder Weise, sollte man aber nicht außer acht lassen, dass diese Fälle auch kein besonderes Merkmal unserer Zeit sind. Im Gegenteil, betrachtet man nämlich die Geschichte, so ist schon festzustellen, dass solche Abnormitäten zu allen Zeiten geschahen und da zuweilen schon manchmal zur Normalität gehörten. Offenbar war das wohl beim damaligen Gericht in die Urteilsfindung eingegangen.

Mit einem Knüppel erschlagen

Die beiden jungen Männer, Dienstknecht Alfred Grellmann (23 Jahre alt) und Dienstknecht Friedrich Kirchner (18 Jahre alt) stehen am 21. Oktober 1901 vor den Schranken des Schwurgerichtes Meiningen. Sie sind angeklagt der gemeinschaftlich ausgeführten Körperverletzung mit tödlichem Erfolge. In der Nacht des 15. Juli des angeführten Jahres kamen sie auf dem Röthhofe bei Schmalkalden mit dem 28 Jahre alten Tagelöhner Thorwart in einen Streit, bei dem wohl auch eine erhebliche Menge Alkohol auf Seiten der beiden Angeklagten mit im Spiele war. Jedenfalls lief im Verlaufe der Auseinandersetzungen der Grellmann dem Thorwart nach und stürzte sich auf ihn mit den Worten: „Jetzt gibt's einen Ringkampf auf Leben und Tod!“ Grellmann, körperlich überlegen, schlug den Thorwart zu Boden und stieß nun den Kopf des liegenden Thorwarts immer wieder mit aller Macht auf den Boden auf, der dabei alsbald die Besinnung verlor und völlig wehrlos war. Das hinderte aber nicht den Kirchner nun seinerseits mit einem 1 Meter langen und 10 (!) cm dicken Knüppel auf Thorwart einzuschlagen – er gibt es in der Verhandlung zu – wohl 15- bis 20-mal! Damit aber noch nicht genug. Grellmann bemächtigt sich ebenfalls dieses Knüppels und schlägt auch noch einige Male zu. Zudem gibt's von beiden noch Fußtritte von allen Seiten. Dann lassen sie ihr Opfer einfach liegen. Die ganze Nacht kümmert sich niemand um Thorwart. Erst am Morgen findet man ihn und bringt ihn ins Krankenhaus. Nach Aussagen der Sachverständigen entsetzlich zugerichtet. Thorwart kann unter Eid noch bekunden, dass er niemals mit einem der Angeklagten irgendwelche Differenzen gehabt habe und dass er ohne jede Veranlassung überfallen und geschlagen worden sei. Am 24. Juli stirbt der Misshandelte an den Folgen einer Lungenlähmung.

Der Staatsanwalt beantragt nach Ende der Beweisaufnahme, schuldig unter Ausschluss mildernder Umstände. Das Gericht erkennt beim Angeklagten Grellmann auf 3 Jahre und 7 Monate Zuchthaus und bei Kirchner, ihm werden mildernde Umstände zugebilligt, auf 1 Jahr Gefängnis. Eigentlich ein erstaunlich mildes Urteil für eine solche Tat.

Undank am ehrlichen Finder

In Bischofrod, gut zu erreichen, wenn man von der Straße 247 im Ortseingang Hirschbach von Suhl kommend nach rechts abbiegt, den Berg hinauf durch Altendambach fährt, dann den Wald hinab der nächste Ort, das eben ist Bischofrod, der Schauplatz der Ereignisse. Wie überall in den Dörfern fand auch in Bischofrod am 3. Oktober 1938 eine kleine Feier am Tage des Erntedankfestes statt, zu der auch eine ganze Reihe junger Burschen aus Altendambach erschienen waren. Wie üblich, es wurde getanzt, gelacht und natürlich auch dem Alkohol gebührend zugesprochen. Man unterhielt sich eigentlich wie gewohnt, ziemlich rau, aber herzlich! Soweit so gut, bis dann einer der jungen Leute von Altendambach im Saale der Wirtschaft eine Taschenuhr fand, deren Glas zersprungen war. Und er fragte nun herum, wessen Uhr das wohl sei und dabei schließlich auch einen Bischofroder ähnlichen Alters namens T.A. Bei dem aber kam er schlecht an, denn der erkannte zwar die Uhr als die seine, anstatt sich aber über die wieder gefundene Uhr zu freuen, beschuldigte er den Altendambacher und dessen Kameraden des Diebstahls. Klar, dass diese das nicht auf sich sitzen lassen wollten. Man versuchte die Sache also mit einer Schlägerei zu klären. Besagter T.A. hatte dabei einige kleine blutige Schrammen davon getragen, die er zunächst in der Küche abwusch. Mittlerweile hatte man sich im Saal wieder völlig beruhigt, als plötzlich der T.A., in dem es offenbar wegen der Niederlage vor Wut kochte, mit einem großen, langen und feststehenden Küchenmesser bewaffnet in die Wirtsstube drang und seine Opfer bei zweien der Altendambacher suchte. Er gebärdete sich wie wild, alles stob auseinander, und blindlings stach er zunächst auf den einen ein und brachte ihm am rechten Unterarm, den er durchstieß, eine recht gefährliche Wunde bei. Der zweite der Altendambacher, der dazwischen sprang, erhielt, als er den Rasenden an einen Tisch drückte, von oben her eine lange und tief klaffende Wunde in den Rücken und in einen Oberarm. Das Blut floss so stark, dass der junge Mann in kurzer Zeit wie man später feststellte, zwei Liter Blut

verlor. Man musste ihn alsbald ins Suhler Krankenhaus bringen, wo er vier Wochen behandelt wurde. Er war anschließend noch acht Wochen arbeitsunfähig und konnte noch nach Monaten seinen Arm nicht mehr voll gebrauchen. Der Altendambacher war immerhin auch sechs Wochen arbeitsunfähig.
Am 7. Dezember des Jahres wird dann der Bischofroder T.A. aus der Untersuchungshaft vorgeführt und muss sich vor dem Schöffengericht beim Amtsgericht Suhl verantworten. Der Staatsanwalt dehnt dabei im Laufe der Verhandlung die Anklage noch auf vorsätzliche Sachbeschädigung aus, weil der Angeklagte auch die Kleidung seiner Opfer stark beschädigt habe. T.A. versucht sich nun so zu verteidigen, dass er absolut nicht verstehe, wie er überhaupt zu einer solchen Raserei kommen konnte. Der Staatsanwalt aber erinnert, dass die Folgen der wütenden Stecherei nicht auszudenken gewesen wären, wenn es nicht gelungen wäre, ihm das lange Messer abzunehmen. Statt jedenfalls den jungen Leuten dankbar zu sein, dass sie ihm seine Uhr wiederbrachten, habe er sie beleidigt. Mit Rücksicht auf die gefährlichen Folgen seiner durch nichts begründeten Handlungsweise müsse er jedenfalls empfindlich bestraft werden, trotz bisheriger Straflosigkeit. Es müsse ihm nachhaltig beigebracht werden, nicht mit Mordinstrumenten herum zufuchteln. Er beantragte insgesamt 1 Jahr und 3 Monate Gefängnis bei Anrechnung der Untersuchungshaft, mildernde Umstände dagegen sollten versagt werden. Das Urteil des Gerichts lautete am Ende wegen gefährlicher Körperverletzung in Tateinheit mit Sachbeschädigung auf 1 Jahr Gefängnis, im Übrigen antragsgemäß, ein Messerstecher erhalte niemals mildernde Umstände. Man könne von Glück reden, dass niemand ums Leben gekommen sei, so in der Begründung.

Wenn der Balg nicht bald verreckt, dann passiert noch was!

Als Angeklagte erscheint am 19. November des Jahres 1903 die 34 Jahre alte Ehefrau Rosamunde S. von Schwarzenbrunn. Sie ist seit dem 7. September 1902 verheiratet mit dem Handarbeiter Emil S. von Schwarzenbrunn, ein Dörfchen in der Nähe von Eisfeld. Nach ihrer Konfirmation war sie zunächst 14 Jahre beim Brauereidirektor Schmidt in Eisfeld im Dienst, kehrte schließlich nach Hause zurück und übernahm dort die Erziehung von Pflegekindern. Sie lernte nunmehr ihren jetzigen Ehemann kennen, der am 4. Mai 1902 zu ihr zog und sie am 7. September dieses Jahres heiratete. Zu dieser Zeit war die junge Frau schon guter Hoffnung und schenkte am 4. Februar des folgenden Jahres einem Knaben das Leben. Dessen Vater aber, Emil S., muss ein Mensch von entsetzlicher Natur gewesen sein. Bereits von dessen zweiten Lebenstage an misshandelte er das wehrlose Baby auf fürchterliche Weise. Unter anderem versetzte er dem schreienden Kinde eine Unzahl heftiger Ohrfeigen, brachte ihm mit den Fingernägeln eiternde Wunden bei. Seine Ehefrau stand hilflos dabei und musste sich noch anhören: „… wenn der Balg nicht bald verreckt, passiert noch was!“ Später soll er sogar noch eine Kanne mit heißem Kaffee nach dem Kinde geworfen und es sehr verbrüht haben. Rosamunde, seine Frau, muss versucht haben ihr Kind zu schützen, was ihr lediglich Schläge und Misshandlungen einbrachte, sodass sie fliehen musste und von ihrem Mann verfolgt nur Schutz bei einem Nachbarn finden konnte. Emil S. hat daraufhin Ehefrau und Nachbarn mit einem Messer bedroht und bei sich zu Hause in rasender Wut alles kurz und klein geschlagen. Wahrlich entsetzliche Verhältnisse! Rosamunde S. erhielt dazu vom Ortsschulzen von Schwarzenbrunn lediglich den Rat von Schwarzenbrunn weg und zu ihrer Schwester zu gehen, wo sie doch reichlich Gelegenheit habe, sich und ihre zwei Kinder, sie hatte bereits eine uneheliche 12-jährige Tochter, zu ernähren! Ihrem „vorbildlichen“ Ehemann wurde kein Härchen gekrümmt.

Die Rosamunde S. geriet in der Folge zwangsläufig derart in Existenznot, dass sie den Entschluss fasste mit ihrem kleinen Kind ins Wasser zu gehen. Vor Gericht gibt sie dazu weiter an, dass auch die ältere Tochter, der sie den Plan mitgeteilt hatte, unbedingt bei ihr bleiben und mit ihr in den Tod gegen wollte. Am 4. September habe sie dann ihre beiden Kinder mit einem Strick an sich befestigt und den Sprung in den Mühlgraben gewagt. Das kleine Kind ertrank, Mutter und Tochter aber wurden von beobachtenden Nachbarn wieder aus dem Wasser in das elende Dasein zurück befördert.
Auch der Ehemann, Emil S., muss vor Gericht aussagen und bestreitet dort die gegen ihn erhobenen Beschuldigungen. Er behauptet sogar, seine Frau habe ihn nicht liebevoll genug umsorgt und noch dazu mit einem Handelsvertreter namens Mühlfelder betrogen. Dies allerdings muss Rosamunde S. zugeben. Unter Tränen gesteht sie, sie habe damit die ihr von ihrem Ehemann zugeteilten Mittel aufbessern wollen, da dieser ihr fortgesetzt mit Schlägen und anderem gedroht habe, wenn er nicht die von ihm gewünschten Speisen und vor allem Getränke bekommen habe. Nur einzelne Rohheiten gegen Ehefrau und Kinder muss Emil S. unter dem Druck von Zeugen zugeben, die zudem immer aufs Neue bekunden, dass er auf gar keinen Fall Grund zur Klage gegen seine Frau gehabt habe. Im Gegenteil, er habe nicht nur seine Frau und sein eigenes Kind, sondern auch die ältere Tochter seiner Frau immer wieder sehr misshandelt.
Das Urteil erfolgt wie zu erwarten: Emil S. wird schuldig gesprochen und bei Zubilligung mildernder Umstände zu 9 Monaten Gefängnis unter Abrechnung von 1 Monat Untersuchungshaft verurteilt.

Vom Kläger zum Angeklagten geworden

Mitte des Jahres 1907 ist am Schleusinger Amtsgericht zu verhandeln gegen zwei Brüder L. auf Grund einer Anzeige eines Emil Hugo Regensperger aus Allzunah, ein kleines Bergdörfchen zwischen Schmiedefeld und Frauenwald, in einer Sache, die sich am 4. Juni des vorangegangenen Jahres ereignet hatte. Hugo Regensperger war an diesem Tage mit seinem Geschirr in Stützerbach gewesen und da die Fuhre schwer, der Weg lang und durch die Berge anstrengend gewesen war, hatte er sich in einer Gastwirtschaft an der Straße eine Ruhepause gegönnt. Auf der Weiterfahrt dann aber waren ihm der Glasarbeiter R.L. und sein Bruder nachgekommen, hatten ihn fortwährend belästigt und mit beleidigenden Reden belegt. Der Grund für diese Auseinandersetzungen ist allerdings nicht der Nachwelt überliefert worden und man kann deshalb nur eben den Gang der Dinge weiter verfolgen. Die verbalen Auseinandersetzungen wurden offenbar schließlich immer direkter, der Regensperger scheint dadurch in echte Rage geraten zu sein und versuchte die Verfolger abzuschütteln, indem er mit der Kutscherpeitsche nach den beiden L's. schlug. Ob er sie dabei tatsächlich traf, ist allerdings auch nicht belegt. Die lästigen Brüder wurden nun auch immer aggressiver, sprangen auf seinen Wagen und versuchten ihn herunterzuziehen, was jedenfalls nicht ohne beträchtliche Gewalt und offenbar mit einigen Blessuren daher ging. So schilderte der Regensperger vor Gericht dann den weiteren Hergang, denn er erstattete Anzeige wegen gefährlicher Körperverletzung. Die angeklagten Brüder aber bestritten das und behaupteten ihrerseits, sie seien vom Kutscher Regensperger völlig grundlos angegriffen worden und dass sie eben deshalb versucht hätten, ihn vom Wagen zu ziehen. Und sie behaupteten, der Regensperger sei da schon mächtig betrunken gewesen. Regensperger blieb bei seiner Darstellung und leistete darauf sogar einen Eid und sagte dabei wörtlich: „Betrunken war ich nicht, ich habe nur zwei Glas Bier getrunken, davon wird man nicht betrunken!" Die beiden Angeklagten aber setzten sich weiter zur Wehr und brachten dafür verschiedene Zeugen, die Verhandlung wurde deshalb zunächst vertagt und dann im August fortgesetzt. Die neuen Zeugen der beiden Angeklagten bekundeten dabei nun, dass der Regensperger allerdings stark betrunken gewesen sei. Ein Zeuge sagt gar aus, er habe ihn bereits bei der Abfahrt von der Wirtschaft unter dem Wagen vorziehen müssen. Diese Beweislage ist jedenfalls so schwerwiegend, dass sich jetzt das Blättchen zu ungunsten des Emil Hugo Regensperger wendet. Und er gibt zu, dass er schon betrunken, aber auch so übermüdet gewesen sei, dass er die Ereignisse damals sich eigentlich gar nicht mehr richtig zusammen reimen könne und versucht dem Gericht zu verstehen zu geben, dass seine damaligen Angaben wohl nur wegen Vorhaltungen gemacht habe, die von ihm missverstanden wurden. Die beiden Brüder L. werden daraufhin von der Anklage der gefährlichen Körperverletzung freigesprochen, dagegen aber erstattete jetzt der königliche Amtsanwalt von Schleusingen Anzeige gegen Regensperger wegen Zeugenmeineid. Es kommt damit zur Verhandlung am Schwurgericht Meiningen, die am 25. November stattfindet. Der Angeschuldigte versucht sich zu verteidigen, gibt an, dass er nicht gut höre und das er sich auf einen Eid eigentlich gar nicht besinnen könne. Der Staatsanwalt jedoch hält ungeachtet dieser Einwände die Schuld des Angeklagten für ausreichend erwiesen, glaubt allerdings, dass schon in der Verhandlung auch ein rechtzeitiger Widerruf der falsch beschworenen Angaben erfolgt sei und das wohl das schlechte Gehör des Angeklagten bei diesem für Verwirrung gesorgt hat. Der Verteidiger seinerseits plädiert bei dieser Lage für die Verneinung der Schuldfrage, eventuell wäre höchstens eine Fahrlässigkeit in Betracht zu ziehen. Die Geschworenen schließen sich dem in Einigkeit an. Sie verneinen die Hauptschuldfrage, die in einer Vorsätzlichkeit im Meineid hätte bestehen können, bejahen aber die Frage nach einer Fahrlässigkeit und - das ist wohl ausschlaggebend für das Urteil - erkennen auch den rechtzeitigen Widerruf an.

Der Gerichtshof spricht hierauf den Angeklagten Emil Hugo Regensperger von Strafe und Kosten frei.

Diebstahl aus Faulheit

Die „Henneberger Zeitung“ damals den Einwohnern wie heute den Heimatgeschichte Interessierten bekannte Suhler Tageszeitung, die ganz regelmäßig auch von den Gerichten in Suhl und vor allem in Meiningen berichtete, konnte in ihrem Bericht vom 26. Juli nicht umhin, in der Einleitung zunächst einige tadelnde Worte bezüglich der ersten Verhandlung an den Mann zu bringen und schreibt da: „Welche naive Ansichten über die einfachsten Rechtsbegriffe mitunter auf dem Lande herrschen, zeigte sich heute vor dem hiesigen Schöffengericht ...“. Es ging da in einer Anklagesache gegen den August Sch., Sohn des Geschirrhalters Wilhelm Sch. aus Goldlauter. Gegen den war nämlich Anklage deshalb erhoben worden, „weil er im April des Jahres einen dem königlichen Forstfiskus gehöriges, im Walde aufgestapelter Meter Knüppelholz widerrechtlich in seinen Besitz gebracht hat“ oder kurz: Man bezichtigte ihn des Diebstahls. Die Sache hatte damit begonnen, dass der August Sch. von seinen Eltern beauftragt worden war, einen von einem Sägemüller in Goldlauter erworbenen Holzstapel mit der Nummer 282 abzufahren. Im Walde angekommen, stellte aber der August fest, dass eben dieser Stapel sehr weit entfernt lag und so lud er einfach den nächst besten Holzstapel, der trug die Nummer 4 und lagerte natürlich in einem ganz anderen Distrikt als der käuflich erworbene, auf und fuhr damit nach Hause. Und dabei war er sich sogar der Rechtswidrigkeit seines Handelns bewusst, denn als der Förster - das Verschwinden des Stapels war alsbald bemerkt worden – Haussuchung bei Sch.'s abhielt, hatte sich die mit Kohle gezeichnete Nummer 4 wunderbarerweise in eine 128 verwandelt. Warum nun gerade 128 konnte nie geklärt werden. Der Angeklagte aber war sofort voll geständig, daher also das schon erwähnte Wissen, dass er aus purer Bequemlichkeit den falschen Stapel lud. Das Gericht trug dem sogar Rechnung und verurteilte den August Sch. lediglich zu einem Tag Gefängnis

sowie Tragung der Kosten eben in Anbetracht des Umstandes, dass das Motiv der Tat nicht Eigennutz sondern Faulheit gewesen ist!
Einen höchst ungemütlichen Verlauf hatte eine „Spritzfahrt“ genommen, die als nächstes auf der Tagesordnung stand und die der Gesangsverein von Ebertshausen am 6. März des Jahres nach Wichtshausen unternahm. Diese, eigentlich fröhliche und für die Beteiligten erbaulich sein sollende Unternehmung diente, wie das Gericht festhielt, an diesem Tage zur Erweiterung des stehenden Begriffes „Keilerei und Tanzvergnügen“, da auch dieser Ausflug der Ebertshäuser Sänger am Schluss der im Weißbrodt’schen Gasthofe veranstalteten Kneiperei nicht ohne „kriegerische Verwicklungen“ blieb, die fast zu einer regelrechten Dorfschlacht zwischen den Ebertshäuser jungen Leuten und denen von Wichtshausen hätte führen können, wenn nicht der Schulze von Wichtshausen durch die an die Wichtshäuser gerichtete Aufforderung nach Hause zu gehen, dem von vornherein vorgebeugt hätte. Zündstoff scheint wenigstens genügend vorhanden gewesen zu sein. Eine Meinungsverschiedenheit eines Richard K. mit dem Wirt wegen der Zechschuld im Verein mit gehörigem Alkoholkonsum führte zu fliegenden Aschenbechern, einem zertrümmerten Stuhl und zersplitterten Spiegel, den der K. auf dem Schanktisch in Stücke schlug. Er bezahlte allerdings sofort den Schaden, wurde aber auf Verlangen der übrigen Gäste in beschleunigtem Verfahren an die Luft befördert. Dort machte er nun aber wieder im Verein mit seinen ihm gefolgten Dorfgenossen aus Ebertshausen seiner Erregung in so heftiger Weise Luft, dass er nun wegen grobem Unfug eine Geldstrafe von 15 Mark oder 3 Tage Haft hinnehmen muss. Die acht anderen wurden wegen ungenügender Beweislage freigesprochen.
Am Ende des Tages gibt es noch eine Geldstrafe von 1 Mark oder 1 Tag Haft für den Fleischer Eduard B. aus Benshausen.
Grund: Er hatte die Jalousien seines Fleischerladens während des Gottesdienstes nicht den polizeilichen Bestimmungen gemäß tief genug herabgelassen.

Vater gegen Bezahlung!

Vor der 1. Strafkammer des Meininger Gerichtes findet am 12. Dezember 1907 ein Fall seine Sühne, der wie die damalige Presse betont: „... so trauriger Art ist, dass er dringenden Anlass gibt, ihn zur ernstesten Warnung zur Kenntnis der Öffentlichkeit zu bringen“.
Ein junger Mann, 21 Jahre alt, Mitglied einer wohlhabenden Bauernfamilie aus einem kleinen Dorf in der Nähe Suhls - den Namen des Ortes verschweigt

die Berichterstattung – unterhielt ein Liebesverhältnis mit einem aus einer sehr armen Familie stammenden, aber sonst, wie betont wird, durchaus braven Dienstmädchen. Dieses Verhältnis blieb nun, wie damals meist die Regel, nicht ohne Folgen. Leider aber war das absolut nicht im Sinne der Eltern des jungen Mannes, die nun offenbar ihre Aussicht, zu einer reichen Schwiegertochter zu kommen, zu Wasser werden sahen. Die Mutter vor allem muss da ihrem Sohn wohl sehr böse zugesetzt haben und versuchte unter allen Umständen Rat zu schaffen. Sie hatte jedenfalls am Ende eine Idee, deren Verwirklichung ihr geeignet erschien, auf elegante Art ihren Sohn aus der Sache zu lösen. Sie rief eines Tages einen ihr bekannten Dienstknecht zu sich und mutete ihm zu, gegen

gute Bezahlung für ihren Sohn einzutreten. Der jedoch wies erfreulicherweise mit Entrüstung das Ansinnen zurück. Doch nun versuchte der werdende Vater, wahrscheinlich unter dem massiven Druck seiner Mutter, den Knecht zu bewegen, die Untreue des Mädchens vor Gericht zu bezeugen. Er scheint also in jeder Hinsicht ein der Mutter ähnlicher Charakter gewesen zu sein. Als aber der standhafte Knecht trotz der in Aussicht gestellten beträchtlichen Summe und mehrfacher Versuche unter dem Hinweis auf die Armut des Mädchens auch diese immer üblere Zumutung zurückwies, wandte sich der widerliche Mensch nun sogar an mehrere arme junge Männer mit demselben Anliegen. Letztlich hielt er seine Geliebte im Orte feil, allerdings auch dabei immer ohne Erfolg. Das führte dazu, dass er dem erst angesprochenen Knecht nochmals anging, mit Einzelheiten zu gehabten Liebesleben den Mund wässrig und hinsichtlich der versprochenen Summe ganz bestimmte Zusagen zu machen. Was aber soll's, wieder völlig erfolglos.
Die Sache hatte sich nun allerdings so langsam im Ort herumgesprochen und wurde natürlich auch den Eltern des Mädchens bekannt. Die schließlich Anzeige erstatteten und vor Gericht Recht für ihre Tochter einklagten. Ergebnis der Verhandlung, die den jungen Mann wegen Versuch zur Verleitung zum Meineid bestrafen musste: 1 1/2 Jahr Zuchthaus sowie Tragung der Kosten des Verfahrens!
Die Presse schreibt abschließend dazu, hätte die verblendete Mutter gerechter gedacht und dem verführten Mädchen, wenn sie dieses wegen deren Armut durchaus nicht zur Schwiegertochter haben wollte – das war eben damals noch der Stand der möglichen Anschauung - , die Summe gegeben, die sie und ihr Sohn für den verbrecherischen Zweck ausgeboten hatten, hätte sie schweres Unheil von sich und ihrer ganzen Familie abgewendet und ihr Gewissen davon rein gehalten, ihren Sohn mit ins Unglück gestürzt zu haben. Möge dieser Vorfall, der, wie bekannt, nicht einzig in der Welt dasteht, zur ernsten Warnung dienen.

Ein entsetzliches Verbrechen

Mitte März des Jahres 1892 wird, an einem Sonnabend, die Strafsache K. am Meininger Schwurgericht verhandelt. Angeklagt ist also der 28 Jahre alte Kistenmacher Christian K. von Fehrenbach wegen Totschlags an dem 20 Jahre alten Wittilo K., ebenfalls aus Fehrenbach, verübt durch Messerstiche am 6. September des vergangenen Jahres, als in Fehrenbach gerade das Sedanfest gefeiert wurde. Das Sedanfest wurde im Kaiserreich gefeiert, als Erinne-

rung an die entscheidende Schlacht in der Nähe der Stadt Sedan während des Deutsch-Französischen Krieges 1870/71.
Im Einzelnen wird dazu der Sachverhalt dem Gericht folgendermaßen offenbart: Der jetzt Angeklagte Christian K. hatte wegen einer früher begangenen Körperverletzung eine 6-monatige Gefängnisstrafe anzutreten. Aus diesem Grunde war ihm am 5. September, also einen Tag vor jetzt zu verhandelnden Tat, die Aufforderung zugegangen, sich zum Vollzug einzufinden. Darüber war er äußerst ärgerlich und wollte sich offenbar vorher noch einmal so richtig austoben. Die Gelegenheit dazu bot sich am folgenden Tag, eben am Sedanfest, als sich der Festzug durch Fehrenbach bewegte. Da trat der „gute" Christian plötzlich an ein Mädchen heran, dass mit dem Wittilo K. wie man so sagt gerade „ging" und belästigte es in ungebührlicher Weise, machte ihr unsittliche Anträge und meinte mit dem Wittilo sei doch nichts. Natürlich ließ das den

Wittilo nicht kalt. Er versuchte zunächst den Christian zurückzuweisen. Doch dann gerieten die beiden enger aneinander. Es wurde aufeinander eingeschlagen bis wohl endlich der Christian zum Messer griff, wie das damals nicht selten war, und seinen Gegner an der Hand verwundete. Nun trug sich leider die ganze Sache in der Nähe eines Gartens zu, der von einem stabilen Zaun umfriedet war. Der verwundete Wittilo riss dort eine handfeste Latte heraus und versuchte zum Schlag gegen den Christian auszuholen. Der aber kam ihn zuvor und stach ihn in den Unterleib bis hindurch zum Rückenwirbel. Dabei ist wohl eine wichtige Ader getroffen worden, Wittilo K. verblutete rasch und starb noch auf der Straße. Jede Hilfe kam für ihn zu spät.
Während der Verhandlung versuchte der Angeklagte zwar immer wieder, den Verlauf so zu schildern, als ob er in Notwehr gewesen wäre. Er selbst will einen ersten Stich erhalten haben von Wittilo K. – Zeugen bekunden aber, dass dieser gar kein Messer gehabt habe und eine Zeugin gibt sogar an, dass sich der Angeklagte selbst einen Stich ins Bein beigebracht habe, kurz nach der Tat.
Infolge dieser Beweislage bejahen die Geschworenen die Schuldfrage und verneinen das Vorhandensein mildernder Umstände. Christian K. wird vom Hohen Gericht zu 10 Jahren Zuchthaus und Ehrverlust in gleicher Dauer verurteilt.
Lediglich 3 Monate Untersuchungshaft werden ihm als bereits verbüßte Strafe angerechnet.

Marie und die ungezügelte Leidenschaft

Am 9. Februar des Jahres 1905 berichtet ziemlich empört die „Henneberger Zeitung“ von einem Fall, wie sie es nennt, der „ungezügelten Leidenschaft“, der zwei Tage vorher am Meininger Schwurgericht verhandelt worden war und junge Leute aus der hiesigen Gegend betraf. Drei 22 und 21 Jahre alte junge Männer, alle ledig und unbestraft, aus der hiesigen Gegend waren Mitte September zu einem Manöver der Reserve rekrutiert worden und schließlich gegen Ende der Kampfhandlungen zum Konserven holen kommandiert worden. Dabei aber hatten sie, die nahe Entlassung vor Augen, schon ein damals übliches Reserveentlassungsfest gefeiert und dabei dem Alkohol mehr zugesprochen als der persönlichen Kontrolle gut tat, wie sich alsbald auf dem Heimweg zur Truppe offenbaren sollte. Da begegneten ihnen nämlich einige junge Mädchen. Darunter auch eine hübsche Dienstmagd namens Marie L., die nun sogleich, die anderen Mädchen konnten wohl flüchten, das Opfer eben der dem Gericht in Meiningen zur Be- und Verurteilung vorliegenden ungezügelten Leidenschaft zum Opfer fiel. Kurz: Gemeinschaftlich sollen sich die drei an ihr vergangen haben. Die Angeklagten, dem Eindruck aller nach kleinlaute und reumütige Sünder, sind sofort in vollem Umfange geständig. Zu ihrer Entlastung führen sie ihre beträchtliche Trunkenheit an. Und sie bemerken zudem, dass die betreffende und betroffene Marie selbst die Sache gar nicht angezeigt habe! Und es zeigt sich weiterhin, dass es wohl lediglich einen eigentlichen Übeltäter gegeben hat, der schließlich vom Obmann der Geschworenen der Notzucht unter mildernden Umständen schuldig befinden wird, den beiden anderen lastet man auch mit mildernden Umständen lediglich Beihilfe an. Sie gestehen, das Mädchen festgehalten zu haben. Das Gericht verhängt für den der Notzucht Schuldigen 1 Jahr und 9 Monate und für die beiden, die ihm behilflich waren jeweils 1 Jahr Gefängnis. Außerdem haben sie zu dritt in gleichen Teilen die Kosten des Verfahrens zu tragen.

Der rätselhafte Einhausener Mord

Die folgende Geschichte, ein brutaler Mord, der nie geklärt wurde, ist schon geeignet auch heute noch zum Grübeln anzuregen.
Am 8. Juni des Jahres 1907 wurde jedenfalls das Dörfchen Einhausen, geruhsam im Werratal nahe Meiningen gelegen, durch einen grausigen Fund erschüttert. Am Morgen dieses Tages hatte man die junge Dienstmagd Karoline Breitung, aus Jüchsen gebürtig, mit einem Strick um den Hals tot neben ihrem Bett aufgefunden und zwar neben ihrem Bett in ihrem Zimmer, dass sie im Hause der Witwe Albrecht bewohnte, bei der sie seit 8 Jahren im Dienst stand.
Zunächst tippten die Ermittlungen auf Selbstmord, bei baldiger genauerer Untersuchung zeigten sich jedoch blutunterlaufene Stellen am Hals des Mädchens. Nun stand fest: Sie war erdrosselt worden! Und zwar war offenbar der Mörder durch ein kleines Fenster in die Kammer des Mädchens gestiegen, hatte sie im Schlafe überfallen und getötet. Der Strick sollte wohl auf einen Selbstmord hindeuten. Der Täter muss dabei, mit Kenntnis der Räumlichkeiten ausgestattet, zudem mit größter Vorsicht vorgegangen sein, sonst wäre sicher das Opfer erwacht und hätte sich gewehrt. Spuren auf einen Kampf waren aber nicht festzustellen. Man führte einige Tage später sogar dazu noch in Gegenwart der Gerichtskommission Einstiegsversuche durch und stellte fest, dass beträchtliche Kraft und turnerische Gewandtheit notwendig waren, um das fertig zu bringen, abgesehen von genauer Ortskenntnis.
Bei der Sektion der Leiche ergab sich ferner, dass die Ermordete vor einiger Zeit wohl einen Fehltritt gemacht hat, dessen Folgen sich zu zeigen begannen. Man neigte nun zu der Ansicht, dass sie davon ihren Verführer in Kenntnis gesetzt hat und vielleicht von ihm verlangte ihre Mädchenehre durch Heirat zu retten. Und man nahm an, dass daraus der grausame Beschluss resultierte, die Breitung aus der Welt zu schaffen.
Wie schon angedeutet, war man in Einhausen, sonst ein friedlicher Ort, recht erschüttert und eingeschüchtert. Die Einwohner sprachen kaum noch ein Wort miteinander, jeder verdächtigte wohl jeden. So brachten auch die Vernehmungen der Burschen, die die Breitung näher gekannt hatten, nichts zu Tage. Karoline Breitung hatte auch offenbar intimeren Verkehr zu mehreren Männern unterhalten, aber es war halt absolut nicht festzustellen, wer von diesen eventuell vor 6 Monaten, der Zeitpunkt des Grundes der Schwangerschaft, der Glückliche gewesen war.
Am 29. Juni nahm man schließlich den 28-jährigen Sohn der Witwe Albrecht

fest, musste ihn aber alsbald wieder freilassen. Es war ihm offenbar nichts nachzuweisen. Mitte Juli wurde dann die Angelegenheit vollends mysteriös. Es meldete sich ein gewisser Rudi Beltz aus Vachdorf, Tüncher von Beruf, und behauptete beharrlich der Täter zu sein. Er unternahm sogar einen Selbstmordversuch, indem er sich mit seinem Jagdgewehr Verletzungen am Kopf beibrachte und in die Werra sprang. Irgendwie waren aber die ermittelnden Behörden von vorn herein von seiner Täterschaft nicht überzeugt und überstellten ihn der Irrenanstalt in Hildburghausen, da man geistige Umnachtung befürchtete. Schließlich brachte man ihn im September des genannten Jahres unter Bedeckung eines Wärters zum Tatort, wo zwei Staatsanwälte und der Untersuchungsrichter auf ihn warteten. Das Ergebnis war so konfus, dass man den Beltz hinterher sofort wieder auf freien Fuß setzte. Es überraschte dann wenig später nur, dass der Beltz plötzlich verschwunden war und erst viel später die Nachricht kam, dass er in Amerika sei.
Damit endete die Untersuchung zum Falle Karoline Breitung. Den Täter zu ermitteln war nicht gelungen. Das Verfahren wurde eingestellt.
Erst im Jahre 1910 berichtet die „Henneberger Zeitung“ am 16. November von einer brieflichen Nachricht aus Amerika, nach der jener Tüncher Rudi Beltz in Amerika verstorben sei und zwar soll er eine größere Menge Geld verspielt und sich darauf eine schwere Verletzung beigebracht haben, an der er gestorben sei. Dies aber ist wohl ebenso wenig zu verstehen, wie damals der Selbstmordversuch. Den hielt man sofort für eine Finte, denn der Beltz war als ein vortrefflicher Schütze bekannt, der durchaus wusste, wie ein Schuss anzubringen war. Damit erhielt jedenfalls, das Rätsel des Einhausener Mordes neue Nahrung und man hielt es nun durchaus für möglich, dass sich der Beltz gegen eine namhafte Entschädigung bereit finden ließ, den Verdacht des Mordes an Karoline Breitung auf sich zunehmen.

Unterschlagung in der Postagentur

Als einen „seltenen Fall“ bezeichnete man damals die Angelegenheit, die im Februar 1907 am Meininger Schwurgericht verhandelt wird. Die Lehrersfrau Marie T. von Goldlauter war der Amtsunterschlagung angeklagt. Frau Marie T. ist 48 Jahre alt, eine geborene Suhlerin und seit 1882 mit dem Lehrer T. verheiratet. Aus der Ehe sind drei Kinder hervorgegangen. Sie wird beschuldigt als Postagentin in Goldlauter, als Gehilfin ihres Mannes, der im Jahre 1883 die Postagentur übertragen erhielt, im Zeitraum vom 20. Mai 1904 bis 28. Juli 1905 sechsundsechzig Postanweisungen im Gesamtbetrag von 7 263 Mark und 65 Pfennig unterschlagen zu haben. Weiter wird sie einer Fälschung der Bücher beschuldigt, weil sie die beiseite geschafften Postanweisungen nicht, wie es die Vorschrift besagt, in die betreffenden Bücher und Listen eintrug. Zudem hat sie sich noch der Fälschung eines Telegramms schuldig gemacht. Frau T. gibt ihre Verfehlungen zu, doch behauptet sie, nicht dafür verantwortlich gemacht werden zu können. Ihr selbst sei jedenfalls eine strafbare Handlung nicht bekannt. Die betreffenden Postanweisungen habe sie wahrscheinlich im Drange der Geschäfte beiseite gelegt, um sie später zu erledigen; was dann aber mehrfach ganz unterblieben sei. Ein Kopf- und Nervenleiden sei der Anlass gewesen, dass sie sehr vergesslich, ja zeitweise unzurechnungsfähig gewesen sei. Richtig ist, dass sie sich früher mehrfach in ärztlicher Behandlung befunden und an Stirnhöhlenvereiterung und Besinnungslosigkeit gelitten hat. Der Postanweisungsverkehr beläuft sich an ihrer Agentur übrigens auf etwa 25 000 Mark monatlich, wie das Gericht dabei feststellen lässt. Dabei erhielt bislang der Mann der Angeklagten für die Verwaltung der Agentur monatlich 20 Mark. Postinspektor W. aus Erfurt sagt dazu aus, dass die Frau T. nicht als Beamter im Sinne des Gesetzes gegenüber der Postverwaltung angesehen werde. Sie sei deshalb auch nicht vereidigt worden. Der Umstand, dass ihr als Gehilfin ihres Mannes ein Handgelöbnis abgenommen worden sei, sei nicht als Vereidigung anzusehen. Der Postbehörde gegenüber sei nur Herr T. verantwortlich und Frau T. habe sofort nach bekannt werden der Unterschlagungen ihm gegenüber ihre Verfehlungen eingestanden und die beiseite geschafften Postanweisung aus dem Nebenraum des Postraums herbeigeholt. Damals habe sie allerdings die Schuld an den Unterschlagungen auf ihren Mann geschoben, der jähzornig sei und sie schlecht behandle, auch die nötigen Mittel zur Bestreitung des Lebens nur recht karg zuwies. Die Unterschlagungen sind durch den Mann der Frau T. und einen Verwandten gedeckt worden. Das Gericht stellt dazu noch fest, dass der Angeklagten im Zeitraum der Unterschlagungen, also lediglich in 1 ¼ Jahr, nicht weniger als 600 000 Mark durch die Hände gegangen sind.

Vor der Verhandlung in Meiningen war die Angeklagte zur Beobachtung ihres Geisteszustandes in die Heilanstalt in Hildburghausen überwiesen worden, dazu erklärt der Direktor der Anstalt, Dr. M., dass die Angeklagte für ihre Handlungen verantwortlich sei, wenn auch ein geistiger Defekt bei der Angeklagten tatsächlich infolge der erlittenen Krankheiten zu konstatieren ist. Der Arzt in Goldlauter, Dr. R., der ebenfalls als Sachverständiger vernommen wird, glaubt aber, dass eine freie Willensbestimmung bei der Angeklagten zur Tatzeit ausgeschlossen war. Schließlich kommt der Staatsanwalt zu der Auf-

fassung, dass die Angeklagte nicht als Beamter anzusehen sei. Auch sei sie von der Anklage der Urkundefälschung freizusprechen. Es liege nur einfache Unterschlagung vor. Die Verteidigung, die der Justizrat E. aus Suhl übernommen hat, beantragt gänzliche Freisprechung.
Das Gericht erkennt auf einfache Unterschlagung und verurteilt zu 600 Mark Geldstrafe, ersatzweise 4 Monate Gefängnis.

Im Zweifel für den Angeklagten

Der Saal des Meininger Schwurgerichts ist am 12.Februar des Jahres 1907 bis auf den letzten Platz gefüllt. Meistens Landsleute aus dem benachbarten Oepfertshausen haben den Weg nach der Stadt unternommen, um dem Prozess gegen einen ihrer Ortsangehörigen, der der Brandstiftung angeklagt ist, beizuwohnen. Auf der Anklagebank sitzt der bislang noch unbestrafte 39 Jahre alte Ökonom Richard Schneider von Oepfertshausen. Über seine persönlichen Verhältnisse ist erwähnenswert, dass Schneider der Sohn höchst achtbarer Eltern ist, der die hiesige Realschule und die landwirtschaftliche Schule in Hildburghausen besuchte und sich als vermögend bezeichnet. Schneider, der seit 1891 verheiratet und Vater von drei Kindern ist, gab sich aber im Laufe der Jahre einem immer leichtsinnigeren Lebenswandel hin und ergab sich dem Trunk. Ganze Tage und Nächte verbrachte er hinter dem Schnaps- und Bierglase. Schließlich sah sich der Schultheiß Kettner genötigt, beim Landratsamte die Aufnahme des Angeklagten auf die Säuferliste zu beantragen. Diesem Verlangen wurde auch stattgegeben, aber eben dadurch soll sich Kettner den Hass des Angeklagten zugezogen haben. Am 12. November jedenfalls brannte um 6 Uhr abends in der Nähe des Ortes ein dem Schulzen gehörender 400 Zentner enthaltender Strohdiemen völlig nieder. Verdächtige Äußerungen des Angeklagten vor und nach dem Brande, sein offen zur Schau getragener Hass gegen den Schultheißen und der Umstand, dass Personen den Angeklagten kurz vor Ausbruch des Brandes in der Nähe der Brandstätte beobachtet hatten, führten schließlich am 26. November zu seiner Verhaftung. Schneider jedoch bestreitet seine Schuld, gibt aber zu, mit Kettner verfeindet zu sein und gibt auch zu, am Abend des Brandes in der Nähe des Strohdiemens gewesen zu sein. Er sei auf der Suche nach Sand herumgelaufen und wohl der erste gewesen, der den brennenden Strohdiemen entdeckt habe. Als er sich dem Brande genähert, habe er zudem bemerkt, wie eine Gestalt von demselben Weg an ihm vorbei gesprungen sei. Richtig sei auch, so sagt er weiter vorm Gericht, dass er früher gern ein Glas über den Durst getrunken habe, doch sei die Sache

so schlimm nun auch nicht gewesen. Er sei auch auf seine Reklamation hin von der Säuferliste wieder gestrichen worden.
Am Ende der Beweisaufnahme beantragt der Staatsanwalt auf Grund des nach seiner Meinung schlüssigen Indizienbeweises die Schuldigsprechung des Angeklagten, der Verteidiger hingegen plädiert auf Freisprechung. Im Ergebnis verneinen die Geschworenen die Hauptschuldfrage, worauf das Gericht Freisprechung und Haftentlassung des seit 29. November verhafteten Angeklagten verfügt. Dazu legt der Staatsanwalt allerdings noch Verwahrung dagegen ein, dass dem nunmehr Freigesprochenen eventuell Entschädigung wegen unschuldig erlittener Untersuchungshaft gewährt werde, da durch die Freisprechung die Unschuld des Richard Schneider keinesfalls erwiesen sei.

Ein Tag am Suhler Schöffengericht im Jahre 1887

Es ist der 13. Dezember des Jahres 1887, kein Freitag, aber trotzdem nicht gerade ein Glückstag für manche, die ihn vor den Schranken des Suhler Schöffengerichtes erleben dürfen.
Da ist zunächst die Sache des wegen Körperverletzung, Verübung ruhestörenden Lärmes, Betteln, Landstreichens, Widerstandes gegen die Staatsgewalt und endlich noch wegen Diebstahls vorgeführten Handarbeiters, Wilhelm Franz R. aus Suhl. Dieser wird aus dem Gefängnis gebracht, indem er zurzeit eine 2-monatige Strafe wegen Körperverletzung und eine 14-tägige wegen Widerstandes gegen einen Beamten verbüßt, um sich nun wiederum gegen die eingangs angeführten Dinge zu verantworten. Ausgang dabei, das stellt das Gericht fest, war eine Schlägerei am 12. August nachts beim diesjährigen Vogelschießen, in deren Verlauf ein Kumpel des Angeklagten, ein gewisser Kl. verhaftet werden sollte. Da sich der aber zu Boden warf und die größte Widerspenstigkeit an den Tag legte, sahen sich die Beamten, Polizeisergeant Rieke und Gendarm Uhle, genötigt ihn zu binden. In diesem Stadium versuchte nun der Angeklagte Wilhelm Franz R. seinem Kumpan zu Hilfe zu kommen, in dem er mit seinem Stock auf den mit der Fesselung des Kl. beschäftigten Polizeisergeanten Rieke einhieb. Darin erblickt nun das Gericht den Tatbestand des Widerstandes und verurteilt den unverbesserlichen Menschen zu 4 Wochen Gefängnis, trotz seines Vorwandes, dass er sinnlos betrunken gewesen sei, da dies von keinem Zeugen bestätigt wird.
Als nächster erscheint der Maurer Theodor M. zu Heinrichs, der beschuldigt ist, dem Herrn Maurermeister Schminke, bei dem er am Bau des Bahnhofs-Empfangsgebäudes arbeitete, mehrere Fäustel, Spitzmeißel, Breitmeißel etc.

entwendet zu haben. Der Angeklagte behauptet dazu, dass die bei der stattgefundenen Haussuchung entdeckten Gegenstände zum Teil sein Eigentum seien. Nur einen Fäustel will er für nicht gezahlten Lohn behalten haben. Das Zeugenverhör ergibt hierbei eigentlich nichts Belastendes zu ungunsten des Angeklagten und auch Herr Schminke kann unter dem Ergebnis der Haussuchung nur einen Spitzmeißel als sein Eigentum rekognoszieren. Einer der Zeugen allerdings, der auch bei Schminke beschäftigt ist, will jetzt eine ganze Anzahl als aus dem Besitz seines Meisters herrührend erkennen, muss aber gleichzeitig zugeben, dass seine Erkennungsmerkmale auch allgemeiner Natur sein könnten. Und Herr Schmiedemeister Schlegelmilch auf der Senfte, der die Werkzeuge von Schminke mit „S“ gezeichnet hat, erklärt dazu, dass die ihm vorgelegten „S“ nicht von seinem Hammer herrühren. Erleichterung beim Angeklagten. Er wird freigesprochen.
Nun hat der Graveur Gottlieb S. zu Mäbendorf eine Privatklage wegen Beleidigung gegen die Gewehrarbeiterfrau Ottilie V. geb. K. ebendaselbst erhoben. Es ist dazu zu vermerken, dass der Kläger von Herrn Rechtsanwalt Ogilvie und die Beklagte durch Herrn Rechtsanwalt Emmrich vertreten wird. Vergleichsverhandlungen vor der Beweisaufnahme sind resultatlos geblieben und die nun vorgenommene Vernehmung der einzigen Zeugin des auf dem Flur der K’schen Wirtschaft stattgefundenen Vorgangs, der der Anklage zu Grunde liegt, ergibt letztlich auch keinerlei Ergebnis, da eben diese Zeugin rein gar nichts von Beleidigungen gehört haben will. An dieser Stelle noch hätte der Privatkläger entsprechend dem Zureden seines Rechtsanwalts den Strafantrag zurückziehen können. Doch er beharrt eigensinnig auf seiner Klage. Im Ergebnis stellt damit das Gericht die Schuldlosigkeit der Angeklagten fest und der Privatkläger hat die Kosten des Verfahrens allein zu tragen.
Dann gibt es noch den Handarbeiter Christian Br. aus Christes, der von seinem eigenen Neffen, dem Versicherungsinspektor Br. aus Schmalkalden, angeklagt ist, Heustreu, ein Material, das leicht Feuer fängt in der Nähe seines Backofens aufbewahrt zu haben. Der Angeklagte macht dazu eindringlich geltend, dass er schon seit 20 Jahren so verfahre, ohne dass je eine Feuerstättenrevision daran Anstoß genommen habe und dass er vielmehr glaube, dass sein Neffe ihn nur wegen Rache angezeigt habe, da er ihn nicht mehr bei sich backen ließe. Es wird letztlich tatsächlich kein feuergefährlicher Zustand bewiesen, dazu müsste der Backofen undicht sein und das Gericht spricht zum Ärger des Neffen den Angeklagten frei.
Der Tag ist nun schon recht fortgeschritten und das Gericht ist insgeheim doch froh, dass eine Strafklage gegen den Metzger Fred K. zu Benshausen wegen

Zuwerfens eines über seine Wiese führenden Wassergrabens, der auch andere Grundstücke bewässert, zu vertagen ist bis zur Erbringung des Nachweises durch den Gemeindekirchenrat zu Ebertshausen und den Mühlenbesitzer H., dass ihnen das Recht zusteht, den Graben zu benutzen.

Wie die „Schwarzriestler" schwitzen sollten

An einem Montag des Jahres 1894, genauer am 12. März des genannten Jahres findet sich die bislang unbescholtene und durchaus gut beleumundete Ehefrau des Gothaer Tünchers Friedrich Bromberg, Amanda geborene Lorenz, vor den Schranken des Meininger Schwurgerichts wieder, angeklagt sich vorsätzlicher Brandstiftung schuldig gemacht zu haben. Sie bestreitet das.
In der Nacht vom 1. zum 2. Juli des Jahres 1893 brach so gegen 2 Uhr im Hause des Drechslers Breiser, das von den Brombergs und mehreren anderen Familien bewohnt wird, Feuer aus und zwar in der Farbkammer von Tüncher Bromberg. Das war bald bemerkt worden und konnte sogar rasch gelöscht werden, ein Strohbüschel und die Fensterbekleidung hatten gebrannt. Bei den Aufräumarbeiten fand sich allerdings ein Zettel, auf dem geschrieben stand: Für heute genug, morgen und die übrigen Tage mehr; da müssen die „Schwarzriestler" schwitzen! Schwarzriestler – damals eine Bezeichnung für die Bewohner eines Gothaer Stadtteiles.
Die Angeklagte möchte diese Sachlage so darstellen, als ob Strohbüschel und Zettel durch das offen stehende Fenster hineingeworfen worden seien. Dem wird entgegengehalten, dass nach dem Gutachten des als Schriftsachverständigen vernommenen Lehrers Stahl von Gotha die Angeklagte selbst die Schreiberin des fraglichen Zettels sei.
Wenige Wochen nach diesem Fall brach am 28. Juli desselben Jahres ebenfalls um 2 Uhr erneut bei den Brombergs Feuer aus und zwar brannte diesmal die mit Petroleum übergossene Holztreppe. Das Feuer war zwar umfangreicher als beim ersten Mal, konnte aber auch wieder im Entstehen gelöscht werden. Inzwischen ist aber dem Gericht bekannt geworden, dass die Schwester der Angeklagten, sie wohnt in Frankenthal, offenbar ruhig mit dieser Beratung abhielt, wie man durch „Anstecken" in Frankenthal bei ihr zu Geld kommen könnte. Die Angeklagte Amanda will aber das Ansinnen ihrer Schwester zurückgewiesen haben. Das „Anstecken" hat aber dann tatsächlich stattgefunden. Die Schwester der Angeklagten sowie deren Ehemann sitzen dafür im Zuchthaus, sind aber jetzt bei der Verhandlung gegen Amanda als Zeugen zugegen. Die Schwester macht dabei von ihrem Zeugnisverweigerungsrecht

Gebrauch, außergerichtliche Äußerungen ihrerseits erweisen sich allerdings als sehr belastend für die Angeklagte Amanda. Diese habe ihr doch gestanden, die Brandstiftungen in Gotha begangen zu haben.
Ausschlag ergibt dann ein Briefwechsel, den die Angeklagte, sie erklärt aus Langeweile, während der Untersuchungshaft in Gotha mit einem Mitgefangenen unterhalten hat und demselben nicht weniger als 17 Briefe zustecken ließ, in denen unter anderem sogar ein Fluchtversuch geplant wurde.
Schließlich rundet sich zur Sachlage ein Indizienbeweis, wie sehr oft bei im Schutze der Nacht ausgeführten Brandstiftungen und die Geschworenen beantworten die Frage nach der Schuld mit ja.
Das Gericht verurteilt auf Grund einer versuchten und einer vollendeten Brandstiftung die 38-jährige Amanda Bromberg zu 4 Jahren und 6 Monaten Zuchthaus.

Himmelfahrtstag mit tödlichen Ausgang

Schwurgericht Meiningen. Man schreibt den 7. November des Jahres 1894. Auf der Anklagebank mussten Platz nehmen aus Mühlfeld der Dienstknecht Makarius Reder, der Zimmergeselle Berthold Sauer sowie der Schuhmacher Hermann Rommel und aus Schwickershausen der Bahnarbeiter Friedrich Kellermann. Selbige Orte kann man in der Umgebung von Meiningen ausfindig machen, genauso wie die kleine Ortschaft Henneberg, auch bekannt durch die schön gelegene Burgruine Henneberg und Schauplatz der Ereignisse wegen derer sich die oben erwähnten Herren jetzt wegen schuldhafter Beteiligung an einem Raufhandel und der erstgenannte sogar wegen Körperverletzung mit nachgefolgtem Tode eines jungen Mannes namens Carl Weißbrodt verantworten müssen.
Am Donnerstag, dem 3. Mai des Jahres 1984, dem Himmelfahrtstage, hatten eine Anzahl Burschen aus Mühlfeld einen Ausflug gemacht, waren aber auf dem Rückweg in Differenzen miteinander gekommen. Na ja, der Alkohol! Der Dienstknecht Reder wurde schon umher gestoßen und wiederholt in den Straßengraben geworfen. Doch das hinderte nicht, schließlich beruhigt im Dorfe Henneberg in verschiedenen Wirtshäusern einzukehren. Beim Aufbruch von dort kam es allerdings erneut zu Tätlichkeiten und diese sollten nun einen unglücklichen Ausgang nehmen, wegen dessen die Angeklagten jetzt vor den Geschworenen sitzen. Dazu kann in der Verhandlung nicht ganz klargestellt werden, wie sich die Sache in Wirklichkeit zugetragen hat. Die Angaben der Angeklagten und auch der Zeugen weichen zum Teil erheblich voneinander

ab. Makarius Reder ist aber zumindest geständig, dem Carl Weißbrodt mit einem Stock einen solchen Hieb auf den Kopf gegeben zu haben, dass dieser alsbald zu Boden stürzte. Allerdings stellt Reder dabei die Sache so dar, dass er der angegriffene Part dabei gewesen sei. Er will von drei Burschen aus Schwickershausen herumgestoßen und sogar mit einem zugeklappten Messer verwundet worden sein. Als diese aber dann von ihm abgelassen, hätte der Weißbrodt ihn angegriffen und mit einem Schirm heftig geschlagen. Und er, Reder, hätte ihm immer wieder zugerufen, er möge ihn doch gehen lassen. Da dies nicht geschehen war, habe er zur Gegenwehr dann eben auch zugeschlagen.
Von anderer Seite wird aber auch bekundet, dass zunächst Reder auf Weißbrodt eingeschlagen habe, als dieser sich nicht entfernte und Reder den Rücken zudrehte. Reder habe sich erst entfernt, als Weißbrodt niederstürzte!
Der Weißbrodt hat mehrmals versucht, sich zu erheben, jedoch erfolglos. Er stürzte immer wieder nieder. Man half ihm schließlich auf die Beine und da sei er wie kopflos davon gelaufen. Er erreichte Schwickershausen, wo er nachts gegen 1 Uhr ankam. Am Morgen wurde ein Arzt zu Rate gezogen, das Befinden Weißbrodts war an den folgenden Tagen gar nicht so bedenklich, am 3. Tag aber traten dann bei ihm Zuckungen, später Lähmungen ein, schließlich starb er am 9. Mai. Die Sektion ergab, dass sein Schädel zweimal gesprungen war, dass dort ein Bluterguss stattgefunden hatte, der einen starken Druck auf das Gehirn ausübte. Es besteht damit kein Zweifel, dass der Tod des Carl Weißbrodt durch den Schlag von Reder verursacht worden ist.
Die Geschworenen sprechen alle Angeklagten schuldig, billigen Reder jedoch mildernde Umstände zu.
Das Gericht verurteilt Reder zu 2 Jahren; Sauer, Rommel und Kellermann zu je 14 Tagen Gefängnis.

Brandstiftung am Schloss zu Ketschenbach

Die Verhandlung beginnt am 1. November des Jahres 1886 am Schwurgericht Meiningen. Als Angeklagte erscheinen der 49 Jahre alte Bierbrauer, Metzger und Landwirt Martin Luther und sein 21 Jahre alter Sohn, der Metzger Ernst Luther, beide aus Neustadt bei Coburg, wegen gemeinschaftlicher Brandstiftung auf der Anklagebank. Es wird ihnen die Schuld gegeben, dass sie das dem Herrn Rechtsanwalt Weismann von Coburg gehörig gewesene und von einer Anzahl Arbeiterfamilien bewohnte Schloss zu Ketschenbach, sowie eine dem Luther gehörige Anzahl Fässer, die gegen Feuersgefahr versichert waren

und in einer an das Schloss angebauten Scheune lagerten, vorsätzlich und die Letzteren auch in betrügerischer Absicht in Brand gesteckt hätten.
Die beiden Angeklagten bestreiten das ihnen zur Last gelegte Verbrechen und das Gericht versucht nun, durch umfangreiche Beweisaufnahme der Wahrheit zum Licht zu verhelfen.
Tatsächlich steht dabei zunächst einmal fest, dass das erwähnte Schloss in der Nacht vom 10. zum 11. Juni 1885 vollständig eingeäschert wurde und das ferner das Feuer sich von der zur Fässerlagerung benutzten Scheune nach dem Schlosse weiter verbreitet hatte, sowie das durch dasselbe Leib und Leben der zahlreichen Bewohner des Schlosses sehr gefährdet wurden.
Das Schloss zu Ketschenbach war im Motschmann'schen Konkurs zur Veräußerung gekommen und wurde nach Aussage des Zeugen Herrn Rechtsanwalt Weismann von diesem für ein Mitglied der Motschmann'schen Familie erstanden. Da diese jedoch die Kaufsumme von 14 000 Mark nicht aufbringen konnte, übernahm Rechtsanwalt Weismann selbst das Bauwerk samt den dazugehörigen Grundstücken. Das Schloss war zu dieser Zeit mit 22 000 Mark versichert, eine Summe, die Rechtsanwalt Weismann doch zu hoch vorkam. Er ließ es deshalb neu einschätzen. Der Taxator kam aber wieder auf denselben Betrag und die Feuerversicherungsgesellschaft stellte Herrn Weismann vor, dass er bei einer Versicherung unter Taxe die Differenz zwischen Taxe und Versicherungssumme dann in Selbstversicherung nehme. Dies veranlasste Herrn Weismann endlich, die alte Versicherungssumme beizubehalten. Bevor nun das Schloss abbrannte, hatte Herr Weismann den größeren Teil der zum Schloss gehörigen Grundstücke bereits verkauft mit einem Erlös von 9 000 Mark. Nach dem Brande nun verglich er sich mit der Feuerversicherungsgesellschaft dahin, dass diese 15 000 Mark Brandversicherungsgelder auszahlten, den Rest der Grundstücke und die massiven Überreste des Brandobjektes verkaufte Herr Weismann zu etwa 3 000 bis 4 000 Mark.
Ein Vermögensnachteil erwuchs demnach Herrn Weismann aus dem Brandunglück in keiner Weise.
Die Anklage nimmt nun an, dass der Luther und das wird durch Zeugen und Sachverständige bestätigt, ein wesentliches Interesse an der Brandstiftung gehabt habe, weil die verbrannten Fässer mit 2 400 Mark versichert, aber nur 600 bis 700 Mark wert gewesen seien. Sowie, dass diese schon seit Jahren dort unbenutzt gelegen und mehrere bereits zusammengefallen waren. Der Wert sich also immer mehr verringert habe. Luther Senior stellt dem entgegen, dass er finanziell in keiner bedrängten Lage gewesen sei. Er habe zwar manche Verbindlichkeiten gehabt, diese seien aber in der Mehrzahl gedeckt. Er beziffert

sein Vermögen zurzeit auf zirka 30 000 Mark. In der Folge treten aber auch eine Anzahl Zeugen auf, die bekunden, dass Luther schon seit Jahren vom Abbrennen des Schlosses und seiner Fässer gesprochen habe, ja, es wollen einige derselben sogar direkt von Luther aufgefordert worden sein, das Anzünden zu besorgen. Er habe ihnen eine Geldbelohnung dazu versprochen! Diesen zum Teil mit großer Bestimmtheit vorgebrachten Aussagen stellen die Angeklagten mit ebenso großer Bestimmtheit die Behauptung der Unwahrheit derselben entgegen und sie versuchen, an Hand konstatierter Vorstrafen einiger Zeugen deren Glaubwürdigkeit in Zweifel zu ziehen. Einer der vernommenen Zeugen ist wegen Meineid vorbestraft und wird deshalb unvereidigt vernommen.
Der Verteidiger der beiden Luther, Herr Bachmann, macht große Anstrengungen durch an die Zeugen gerichtete Fragen den Verdacht der Brandstiftung von seinen Klienten ab und auf zwei Zeugen, einem alten Ehepaar, zu lenken. Und zwar in einer Weise, die mehrfach die Missbilligung des Herrn Präsidenten herausfordert. Den in Rede stehenden Ehegatten wird jedoch von anderen Zeugen mit großer Bestimmtheit das Zeugnis erteilt, dass sie rechtschaffene, ehrliche Leute seien.
Die Verteidigung bemüht sich weiterhin die Anklage zu entkräften, insofern diese im Umstand der Überversicherung der Fässer ein beträchtliches Belastungsmoment erblickt, indem sie bei einem mit abgebranntem Ehepaar ebenfalls eine Überversicherung festzustellen versucht.
Die Beweisaufnahme ergibt weiter, dass der Angeklagte Ernst Luther noch am Tage des Brandes morgens um 9 Uhr gesehen wurde, wie er sich im abgebrannten Stadel zu schaffen machte.
Außerdem erscheint ein Zeuge namens Mathes, der angibt, Luther habe ihm im Frühjahr eine Belohnung von 50 Mark versprochen, wenn er den Stadel anstecke. Auf Veranlassung der Verteidigung stellt man aber auch bei diesem Zeugen eine Reihe von Vorstrafen wegen Hehlerei, Diebstahl etc. fest, ebenso wie bei einem weiteren Hauptzeugen, dem wegen schweren Diebstahls und Unterschlagung vorbestraften Tagelöhner Elflein, der seit einem Jahr bei Luther in Neustadt wohnte und von diesem öfter beschäftigt wurde. Auch dieser Elflein wurde von Luther aufgefordert den Stadel und das Schloss in Brand zu stecken, er habe aber dies stets verweigert. Am Tage des Brandes hat nun Luther Senior bei diesem Elflein, so gibt dieser an, einen Tragkorb geliehen und Elflein gibt an, später bemerkt zu haben, wie die Tochter Luthers mit diesem aus der Stadt gekommen sei, der Korb sei voll gewesen und als er ihn nun zurück bekommen, habe er nach Petroleum geduftet. Zeuge Elflein will in der betreffenden Nacht seiner Frau aufgetragen haben, ihn um Mitternacht

zu wecken. Er und seine Frau haben nun zum Fenster hinausschauend gesehen, wie der junge Luther über den Hof ging und bald sei auch der alte Luther gefolgt. Wo diese hingegangen seien, wisse er allerdings nicht. Das Ziel hätte aber der Richtung nach durchaus der 50 Schritte entfernte Stadel gewesen sein können. Um 4 Uhr morgens habe er, Elflein, den jungen Luther wieder im Hofe gesehen; zuvor, so gegen 3 Uhr, sei einmal die Tür gegangen und da habe er geglaubt, der alte Luther sei wieder zurückgekommen.

Und als er am Morgen die Nachricht vom Brande erhielt, habe er dann diese Wahrnehmungen mit dem Brande in Verbindung gebracht.

Die Angeklagten erklären diese Aussagen für unwahr, Ernst Luther gibt an, in der Nacht nach unruhig gewordenem Vieh gesehen zu haben und der alte Luther will überhaupt nicht im Hofe gewesen sein. Sie sagen, der Zeuge Elflein schulde Miete und das erkläre jedenfalls seine Aussagen.

Im Übrigen war das auch dieser Elflein, der mit einer Anzeige die Anklage gegen die beiden Luther in Bewegung setzte.

Ernst Luther wurde eine ganze Zeit später als sein Vater verhaftet und nun ereignete sich Entscheidendes während der Untersuchungshaft in Coburg. Der junge Luther sagte nämlich auf eine Frage eines Mitgefangenen, weshalb er in Haft sei, „wegen Brandstiftung“. Und dazu gibt es eine Aussage des alten Luther, der zum Gefängnisvorsteher äußerte: „Wenn sie mich auch herinnen behalten, meinen Sohn müssen sie wieder herauslassen!“

Von Belang für das vollständige Bild der Prozesslage dürfte noch die Mitteilung sein, dass die Staatsanwaltschaft am 20. August einen Antrag auf Einstellung des Verfahrens gestellt hatte, die Strafkammer diesem Antrag aber nicht entsprach und die Weiterführung des Prozesses verfügte.

Am 2. November hörte man die Plädoyers des Staatsanwaltes und des Verteidigers. Im Ergebnis sprechen die Geschworenen im Wahrspruch Martin Luther schuldig und Verneinen die Schuldfrage für Ernst Luther.

Martin Luther wird vom Gerichtshof, staatsanwaltlichem Antrag entsprechend, zu 10 Jahren Zuchthaus und ebenso langem Ehrverlust verurteilt. Ernst Luther wird freigesprochen und auf freien Fuß gesetzt.

Eine wahrhaft mörderische Liebe

Er ist erst wenig über 20 Jahre alt der Barbier Hermann Clemens aus Mengersgereuth – in der Nähe von Sonneberg, als er die Laura Sauerteig – auch von Mengersgereuth – kennen lernt – und na ja, es ist schon bald ein recht intimes Verhältnis, was die beiden da pflegen und es bleibt auch nicht ohne Folgen.

Nicht recht erwünschte Folgen, aber das Kind stirbt gleich nach der Geburt. Anstatt nun … nein, Laura ist wohl nach ganz kurzer Zeit wieder in anderen Umständen und teilt dies ihrem Hermann natürlich mit, dass er wiederum einem frohen Ereignis entgegen sieht! Und nun passiert leider folgendes: Am Abend des 7. Oktober 1906 kommt der Clemens von einem Geschäftsgang von Hämmern her und trifft, zufällig oder nicht, in der Nähe des Mengersgereuther Mühlenwehres auf die bewusste Laura, die zu ihrer Tante will. Man spricht längere Zeit miteinander und schließlich umarmt der Hermann sogar seine Laura liebevoll – liebevoll? Wohl nicht, denn er wirft sie sofort in das Wasser des Wehres, versucht sogar die sich heftig Wehrende immer wieder unter Wasser zu drücken. Doch Laura gelingt es mit viel Geistesgegenwart sich aus dem Griff zu lösen und an das andere Ufer zu retten. Was macht der Clemens? Er eilt ihr nach und tut sogar so, als wollte er ihr aus dem Wasser helfen, ihr aber scheint es, als versuche er erneut, sie ins Wasser zu stoßen. Sie wehrt sich mit Erfolg und erreicht nun tatsächlich sichere Entfernung vom gefährlichen Ufer. Clemens hat wohl jetzt auch eingesehen, dass er verloren hat und bittet Laura inständig, ihn doch nicht anzuzeigen, was sie wohl auch zunächst dem reuig scheinenden Sünder verspricht. Als der aber wenig später ihr anfängt immer wieder Vorwürfe zu machen, ihr gar Verhältnisse mit anderen Männern vorwirft und der Untreue bezichtigt, erstattet sie endlich doch Anzeige.

Hermann Clemens erscheint damit am 10. Februar 1906 auf der Anklagebank des Meininger Schwurgerichtes. Seine Personalien sagen aus, dass er am 28.06.1883 geboren ist. Er ist ledig, evangelisch, hat Vermögen zu erwarten, ist dem Landsturm angehörig und vorbestraft wegen gefährlicher Körperverletzung unter mildernden Umständen mit einer Geldstrafe von zwölf Mark.

Jetzt ist Clemens angeklagt, versucht zu haben die ledige Laura Sauerteig zu töten, indem er sie in das Wasser der angestauten Effelder stieß. Der Angeklagte räumt sowohl die Tat selbst, wie auch die vorgefasste Absicht, die Sauerteig aus der Welt zu schaffen, rückhaltlos ein und gibt als Motiv an, dass seine Eltern ihm schon bei der Geburt des ersten Kindes gedroht hätten, ihn aus dem Hause zu jagen. Jetzt habe er erst recht heftige Auftritte befürchten müssen und habe einen Ausweg nur in seiner unheilvollen Tat gesehen. Doch nach der ersten Tat am nächtlichen Mühlenwehr habe ihn eine tiefe Reue überkommen, sodass er ihr zur Rettung wirklich behilflich sein wollte. Nochmals ins Wasser stoßen, nein, das habe er nicht gewollt. Es stimme auch nicht, dass er versucht habe, Laura Sauerteig immer wieder unter Wasser zu drücken.

Die Beweisaufnahme ergibt dazu, dass die Eltern des Clemens bei der Geburt

des ersten Kindes allerdings sehr ungehalten waren, dagegen im erneuten Falle sich wohl oder übel doch fügen wollten.
Insgesamt wird dem Angeklagten durch die hinzugezogenen Zeugen kein ungünstiger Leumund ausgestellt.
Der Staatsanwalt sieht damit jedoch die Schuld im Sinne seiner Anklage für erwiesen an, der Verteidiger dagegen plädiert auf höchstens versuchten Totschlag unter mildernden Umständen.
Die Geschworenen aber folgen dem Staatsanwalt und sprechen den Angeklagten schuldig des versuchten Mordes.
Hermann Clemens wird verurteilt zu 4 Jahren Zuchthaus bei Anrechung eines Monates Untersuchungshaft und 5 Jahren Ehrverlust sowie Tragung der Kosten.

Körperverletzung mit Todesfolge

Meiningen, Schwurgericht, Donnerstag, der 28. Februar 1906. Auf der Anklagebank hat Platz genommen der 26 Jahre alte Handarbeiter Adam Sulzmann und der 22 Jahre alte Schuhmacher und Musikant Johann Adam Kraus. Sie sind angeklagt sich schuldig gemacht zu haben der gemeinschaftlichen und vorsätzlichen Körperverletzung mit Todesfolge gegen den Dienstknecht Christian Töpfer. Beide versichern dem Gericht, sie seien unschuldig.
Dazu ist nun folgendes bekannt: Es hatte am Sonntag, dem 13. September des vergangenen Jahres im Bückelberger'schen Gasthofe zu Altershausen ein Tanzvergnügen stattgefunden, zu welchem der Angeklagte Kraus die Musik machte. Der Dienstknecht Töpfer hatte sich dazu eingefunden und auch der andere Angeklagte Sulzmann war mit einem Freunde namens Niedermeier erschienen, so eben wie viele andere auch, weil die Tanzveranstaltung in dem genannten Gasthof sich großer Beliebtheit erfreute. Nachdem das Tanzvergnügen nun zu Ende, war der Niedermeier zu irgendeinem Zwecke in einen benachbarten Hof gelaufen, der einem gewissen Schmalz gehörte und war dort mit dem Töpfer, was der dort wollte, war auch nicht mehr festzustellen, in heftige Kollision geraten. Kollision? Ja, schon wie damals oft üblich mit harten Bandagen, sodass Niedermeier blutend zu seinem Freund Sulzmann zurückkehrte. Der gibt nun vorm Gericht an, Freund Niedermeier hätte ihn immer wieder aufgestachelt mit ihm in den Hof zurückzugehen, weil der inzwischen bemerkt hatte, dass er seiner Mütze verlustig gegangen war und die dort offenbar mit Begleitschutz suchen wollte. Tatsächlich sind aber dann Sulzmann und Kraus in den Hof gegangen und unverzüglich mit Töpfer zu-

sammen geraten. Man hat sich dabei wohl beidseitig heftige Schläge zukommen lassen, der Töpfer sogar unter zu Hilfenahme eines handfesten Holzprügels. Und man bediente sich, wie damals beinahe üblich auch des Messers. Die Angeklagten geben dazu an, dass der Töpfer nicht „gestochen" habe. Töpfer aber erhielt Stichverletzungen, dass er schließlich an deren Folgen verstarb. Es waren Verletzungen am Kopf, am linken Schulterblatt, an einer Hand und an einem Bein. Die schlimmste Wunde befand sich aber am Rücken, wo das Messer zwischen der 9. und 10. Rippe nahe der Wirbelsäule eingedrungen

war. Diese Wunde verschlimmerte sich bald derart, dass der Verletzte infolge einer Blutvergiftung am 3. Oktober starb.
Sulzmann verwahrt sich vor Gericht ganz bestimmt dagegen, sich an Töpfer mit einem Messer vergriffen zu haben, er gibt an den Fehler gemacht zu haben, sein Messer dem Mitangeklagten Kraus gegeben zu haben, als dieser im rasenden Zorn über die ihm widerfahrenen Misshandlungen nach einem Stocke suchte, um sich damit zu verteidigen. Er bezweifelt aber, dass Kraus nun auch mit dem Messer zu gestochen habe, denn als dieser es ihm zurückgebracht habe, hätte er zwar geäußert: „Der hat seine Sache!", aber das Messer sei absolut nicht blutig gewesen.
Kraus, dazu befragt, bestreitet nun, von Sulzmann überhaupt ein Messer erhalten zu haben. In der Voruntersuchung hatte er zwar dem Gericht angegeben: „Ich bekenne mich schuldig und gebe zu, den Töpfer gestochen zu haben", jedoch konnte er sich aber bei dieser Vernehmung zu keinerlei Einzelheiten des Vorfalls besinnen. Dieses Geständnis hat er bald nachher widerrufen und behauptet nun auch heute vor Gericht wieder, nicht schuldig zu sein, und das Geständnis damals nur aus Furcht gemacht zu haben.
Man befragt dazu natürlich verschiedene Zeugen, die einstimmig eine Schlägerei zwischen Sulzmann und Töpfer bekunden, nur einer aber, der Hofeigentümer Schmalz gibt an gesehen zu haben, dass Sulzmann den Töpfer regelrecht niedergeschlagen habe. Gegen Kraus liegen dagegen mehrere belastende Aussagen vor. Schon im Saale soll er geäußert haben: „Heute wird einer kalt gelegt!" und später: „Heute habe ich einen getroffen, da hab' ich drin rum gesäbelt!" Ein weiterer Zeuge will auch gehört haben, dass Sulzmann zu Kraus sagte: „Gib mir mein Messer, es langt, jetzt ist's genug!" worauf Kraus erwidert hätte, er solle ruhig sein, dass ginge ihm nichts an.
Insgesamt wurden 14 Zeugen, sowie die Ärzte Dr. Berger von Coburg und Dr. Kohmann von Zeil vernommen.
Die Staatsanwaltschaft plädiert eindringlich für das „schuldig" des Kraus, die Entscheidung bezüglich des Sulzmanns aber wird dem Gericht anheim gegeben. Herr Justizrat Dr. Ortloff spricht als Verteidiger des Kraus für dessen Freisprechung.
Die Geschworenen verkünden nach längerer Beratung die Schuld des Kraus, billigen ihm aber mildernde Umstände zu, die Schuldfrage des Sulzmanns verneinen sie.
Dementsprechend wird Sulzmann freigesprochen, Kraus dagegen zu 2 Jahren Gefängnis verurteilt, wovon 3 Monate als in der Untersuchungshaft verbüßt abzurechnen sind.

Brandstiftung im Hotel Bellevue

Am 5. Oktober des Jahres 1893 findet sich der Tagelöhner Rudolf Schmidt vor den Schranken des Meininger Schwurgerichts wieder. Er hat sich zu verantworten zur Anklage wegen vorsätzlicher Brandstiftung.
In der Nacht vom 12. zum 13. August war in einem Holzstall, der zum renommierten Hotel Bellevue bei Ruhla gehört, Feuer ausgebrochen, das dann nicht nur den Holzstall selbst sondern leider auch Teile des Hotels ergriff und zerstörte. Der Schaden belief sich auf 3 828 Mark. Dieses Feuer soll der Angeklagte Schmidt, der als ein arbeitsscheuer, dem Trunke ergebener Mensch gilt, vorsätzlich angezündet haben. Schmidt ist vielfach vorbestraft.
An jenem 12. August hatte er nun zusammen mit dem Arbeiter Joseph Merbach Holz zerkleinert, schließlich aber tat er gar nichts mehr, sondern erklärte seinem Kollegen ganz einfach, arbeiten käme für ihn nicht mehr in Frage. Er mache jetzt etwas, damit er unter Dach und Fach komme und seine Ordnung habe. Und setzte weiterhin hinzu: „Wenn ich etwas mache, dann mache ich etwas Richtiges!" Und dem Knecht Möller erklärte er: „Ich muss etwas anstellen, dass ich in Ruhe komme."
Im angetrunkenen Zustand stieg Schmidt am Nachmittag desselben Tages nach dem auf einem Berge gelegenen Hotel Bellevue hinauf, um dort zu betteln. Unterwegs schon wurde er von Kindern, die ihn kannten, verhöhnt. Er drohte ihnen mit erstechen und äußerte laut – ja, der Alkohol – wenn er im Bellevue nichts bekomme, werde er dort die Fenster einschlagen. Wie zu erwarten war, wurde er im Hotel von einem Kellner abgewiesen, nachdem er immerhin 10 Pfennig erhalten hatte. Er entfernte sich mit der Drohung: „Wartet, ich will euch was weismachen!"
Nachts gegen 1 Uhr ist dann das oben beschriebene Feuer aufgegangen. Während des Feuerlärms ist Schmidt gesehen worden, wie er auf der Straße aus Richtung Bellevue dahertorkelte in schwer betrunkenem Zustande.
Alledem gegenüber beharrt Rudolf Schmidt vor dem Gericht bei hartnäckigem Leugnen. Er behauptet, er habe sich schon abends gegen 10 Uhr zur Ruhe gelegt. Zwar habe er keine Wohnung, aber eine Bretterhütte im Wald hätte ihm zum Nächtigen gereicht. Diese Hütte habe er erst morgens 6 Uhr wieder verlassen. Folglich kann er also nicht der Brandstifter sein. Es treten jedoch zwei Zeugen auf, die ihn mit Bestimmtheit gesehen haben.
Die Geschworenen bejahen damit die Schuldfrage und verneinen auch die Frage nach mildernden Umständen.
August Schmidt wird verurteilt zu 4 Jahren Zuchthaus und 5-jährigem Ehrver-

lust. Wenn das also sein Ziel war, Ruhe zu finden und unter Dach und Fach zu kommen, so hat er es damit erreicht.

„Konjunkturbrand“ - auch eine Möglichkeit!

In der Strafsache am 12. September des Jahres 1927 gegen den bisher unbestraften 38-jährigen Fabrikanten Willy M. aus Benshausen geht es um Brandstiftung. Den Vorsitz hat Landgerichtsrat Dr. Loesch, die Anklage wird vertreten durch Staatsanwaltschaftsrat Hinz und die Verteidigung des Angeklagten liegt in den Händen von Rechtsanwalt Frenzmann von Suhl.
Ein starkes Zeugenaufgebot von 38 Personen ist im Sitzungssaal anwesend, darunter sechs Sachverständige. Ein großer Lageplan der Brandstätte, ein abgebranntes Fabrikgebäude, ist auf einer Wandtafel aller Anwesende ersichtlich.
Zur Sache hatte es bereits beim Landgericht ein Strafverfahren gegeben, war jedoch dort mangels Beweisen abgelehnt worden, das Oberlandesgericht Jena hatte aber die Wiederaufnahme auf Antrag angeordnet.
Nach dem Eröffnungsbeschluss vom 27. Mai 1927 wird dem Angeklagten zur Last gelegt, sein im Jahre 1924 erbautes Fabrikgebäude, an der Straße Benshausen – Suhl am Albrechtser Berg gelegen, vorsätzlich am Abend des 18. Oktober 1926 in Brand gesteckt zu haben. Das bestreitet der Angeklagte ganz entschieden und seine Vernehmung nimmt längere Zeit in Anspruch. Danach kam er 1911 nach Benshausen und betrieb in der Nachkriegszeit zunächst mit einem zweiten Geschäftsinhaber und einige Jahre später allein eine Fabrikation von elektrotechnischen Artikeln. Um den Betrieb rentabler zu gestalten, errichtete er mit Hilfe eines Bauzuschusses seiner Schwiegermutter das neue Fabrikgebäude, das isoliert außerhalb des Ortes Benshausen stand. Seit Eintritt der Marktstabilisierung stockte jedoch der Absatz seiner Fabrikation. Geschäftslieferanten und Gläubiger regten sich immer deutlicher, kurzum, die missliche wirtschaftliche Lage des Angeklagten führte schließlich zur Ablegung des Offenbarungseides im Jahre 1926.
Am Abend des 18. Oktober, als sich der Angeklagte gerade auf einer Geschäftsreise nach Saalfeld befand, die er am selben Nachmittag von Suhl aus angetreten hatte, ging das neue Fabrikgebäude in Flammen auf. Da das Dachgeschoß gleichzeitig als Vorratsraum diente, wo Holzkisten, Holzwolle, Heuvorräte, 6 000 Pappkartons, Weidenkörbe und etwa 400 Zelluloidhandgriffe für Fahrräder, Schleiftalg, ein halber Zentner Leim und weitere leicht brennbare Stoffe lagerten, durfte es nicht wundern, wenn in einer ganz kurzen Zeit,

wie Augenzeugen berichteten, der ganze Dachstuhl vollkommen abbrannte. Sein Alibi für diesen Tag weist der Angeklagte dem Gericht ausführlich nach. Um die Mittagszeit verließ er mit seinem Sohn das Fabrikgebäude, um dann gegen ½ 6 Uhr von Suhl aus die Geschäftsreise anzutreten. M. bestreitet mit aller Entschiedenheit, als Täter in Betracht zu kommen. Er führt den Ausbruch des Brandes auf Kurzschluss einer elektrischen Leitung zurück, die durch das Dachgeschoß nach den Fabrikräumen führte. Schließlich wäre es nicht ausgeschlossen, dass aus Unvorsichtigkeit bei einem Einbruchsdiebstahl, von denen der Angeklagte des Öfteren heimgesucht wurde, der Brand auch herrühren könnte.
Versichert war das Anwesen anfänglich mit 10 000 Mark bei der Gothaer Landesbrandversicherung, später mit 15 000 Mark Mobiliar, die Maschinen waren mit 8 720 Mark anderswo versichert.
Nach der Vernehmung des Angeklagten, wurde in die Beweisaufnahme eingetreten, die mit Vernehmung der zahlreichen Zeugen den ersten Tag bis abends 7 Uhr ausfüllte.
Diese Zeugenaussagen fördern zum Teil wesentliche Anhaltspunkte zutage, andererseits sind viele Aussagen kaum ausschlaggebend für die Schuld des Angeklagten.
Zwei Oberlandjäger und ein Kriminalbeamter bekunden verschiedene Zufälligkeiten, die zusammentrafen. In Benshausen sollen damals öfter so genannte „Konjunkturbrände" vorgekommen sein. Wassermangel trat um diese Zeit häufig ein und zugleich war an dem betreffenden Tage in Ebertshausen Kirchweih, die sehr zahlreich von Benshäuser Bürgern besucht war.
Die Ehefrau des Angeklagten bespricht ausführlich die Vermögens- und wirtschaftliche Lage, die zwar keine überaus glänzende ist, aber auch nicht als ungünstig bezeichnet werden kann, wie es einige Zeugen darstellen wollen. Von dem ausgebrochenen Feuer wurde ihr Mann erst am folgenden Tage telefonisch verständigt. Er traf am selben Tage wieder in Benshausen ein.
Der 15-jährige Sohn Edwin berichtet über die Tätigkeit seines Vaters, mit dem er bis gegen 14.30 Uhr im Fabrikgebäude war.
Der Ortsvorsteher lässt sich über die wirtschaftlichen Verhältnisse des Angeklagten auch auf stets konkretere Fragen allerdings nur äußerst vorsichtig aus.
Zuletzt werden noch drei Sachverständige gehört und zwar Ingenieur Schmidt vom Nahrungsmitteluntersuchungsamt in Jena über eine vorgefundene Masse, die sich als Mineralfett herausstellt.
Der Branddirektor Hebestreit aus Meiningen gibt ein sachverständiges Urteil

hinsichtlich von Zeitzündungen ab und Bezirksschornsteinfeger Weißbrod über mögliche Feuerentstehungsursachen.
Am zweiten Tage, am 13. September, wird die Verhandlung fortgesetzt. Nach Aussagen eines Zeugen Kohl scheiterte der Versuch, eine dreiviertel Meter lange Sprossenleiter im Raum des M'schen Fabrikanwesens aufzustellen, in dem sich die Dachluke befunden hat, wodurch die Annahme, man können von innen her auf den Boden gelangen, widerlegt wurde. Zwei Zeugen konnten dazu bestätigen, dass sie den betreffenden Raum verschalt hatten.
Amtsvorsteher Lutz handelte im Sinne landrätlicher Anordnungen, wonach bei Eintritt eines strafbaren Ereignisses alle Vorsichtsmaßregeln zur Verhinderung von Veränderungen zu treffen sind und die Landeskriminalbehörde sofort zu verständigen ist.
Ohne dass dieser Zeuge irgendeine Verdachtsspur auf M. vermutete, hatte Lutz die Zuleitung vom Lichtmasten nach dem Fabrikgebäude abnehmen lassen und sie mit der übrigen Installation des Hauses an sich genommen.
Außer den drei Sachverständigengutachten sind die übrigen Zeugenaussagen fast belanglos und bringen keine Erkenntnisse.
Ein ausführliches technisches Gutachten erstatten Revisionsbeamter Fleischhauer und der Betriebsleiter der Thüringischen E.L.G. Ingenieur Schwarz. Die Licht- wie auch die Kraftleitung waren bei der Abnahme vollkommen in Ordnung. Auch die Untersuchung nach dem Brande brachte keinerlei Anhaltspunkte, die etwa zur Annahme eines Kurzschlusses hätte führen können. Dass die Zuleitung gleich in Verwahrung genommen worden war, wodurch keine Veränderungen möglich waren, hält Schwarz für die richtige Maßnahme.
Diesen Gutachten kann jedoch in einzelnen Punkten der Sachverständige Hartwig nicht beipflichten. Hielten erstere die Entstehung durch Kurzschluss so gut wie ausgeschlossen, so ist Hartwig der Meinung, dass dies wohl möglich wäre, wenn gleich nicht mit Bestimmtheit dies auch Ursache des Brandes sei.
Elektromeister Werl von den Suhler Simsonwerken erstattet sein Gutachten in beide Richtungen und ist zudem überzeugt, dass es besser gewesen wäre die Leitungen hängen zu lassen, bis eine Untersuchung in technischer Richtung erfolgte.
Gegen Mittag setzen die Plädoyers ein. Staatsanwalt Hinz führt zum Eingang seiner Ausführungen an, dass im hiesigen Landesgericht allein 58 Brandfälle während des vergangenen Jahres und in diesem Jahr bereits 45 Brandschadensachen zur Anzeige gekommen sind, die sich auf kleine Städte und das flache Land verteilen.

Als Anklagevertreter beantragt er eine Gefängnisstrafe von 2 Jahren, der Verteidiger plädiert auf Freispruch.
Das Gericht tritt in eine längere Beratung ein und schließlich verkündet der Vorsitzende das Urteil: Der Angeklagte wird freigesprochen, die Kosten fallen der Staatskasse zur Last. Er führt dazu aus, dass zwar Verdachtsmomente für eine Schuld des Angeklagten bestanden, die aber nicht ausreichten, ihn der Tat zu überführen.

Die eigene Mutter vorsätzlich schwer verletzt?

Unter der schweren Anschuldigung seiner eigenen Mutter vorsätzlich eine nicht unbedeutende Körperverletzung zugefügt zu haben, die schließlich den Tod der Verletzten zur Folge gehabt haben soll, steht am 8. Dezember 1888 der Ohrdrufer Knopffabrikant Carl Möller vor den Schranken des Schwurgerichts in Meiningen.
Carl Möller lebt zu dieser Zeit im Hause seiner Mutter, der recht betagten Witwe Möller zusammen mit seiner Schwester, verwitwete Erbe, und deren zwei Kindern. Zwischen Carl Möller und seiner Schwester herrscht nun schon seit geraumer Zeit gelinde gesagt Uneinigkeit, weil, wie der Angeklagte vor dem Gericht angibt, seine Schwester stets in geschäftlicher Beziehung gegen ihn ist, er betreibt wohl in der Hauptsache den Verkauf der Ware und auch die Mutter hiervon zu überzeugen sucht. Er ist dagegen der Meinung, sich in Wirklichkeit die größte Mühe zu geben, den Umsatz zu heben und neue Kunden zu gewinnen, in der Hoffnung schließlich das Geschäft auf eigene Rechnung zu übernehmen, wenn er dazu einmal ausreichende Mittel zur Verfügung hätte. Um offenbar dieses Ziel rascher zu erreichen, nimmt er deshalb eines Tages von seinen Ersparnissen, es sind 3 500 Mark, 3 000 und reist damit nach Monte Carlo, ja, nach Monte Carlo, um dort sein Glück im Spiel zu versuchen. Resultat, es kommt wie es kommen musste, er verliert fast unverzüglich 2 000 Mark, hat aber immerhin noch soviel Vernunft jetzt diese Dummheit aufzugeben und wieder nach Hause, nach Ohrdruf zurückzukehren. Natürlich ist er nicht in bester Stimmung und als er auch noch gleich bei seiner Ankunft zu Hause bei einer Rücksprache mit der Mutter von der Schwester wie schon so oft der Unfähigkeit geziehen und beschimpft wird, platzt ihm offenbar gehörig der Kragen, ja gehörig, es heißt, Carl Möller soll wohl zuweilen etwas jähzornig gewesen sein. Er vergisst sich jedenfalls diesmal soweit, dass er beginnt auf seine Schwester einzuschlagen. Die Mutter, eine alte schwächliche Frau, muss nun versucht haben, die Streitenden zu trennen, ist dabei aber

zwischen die Fronten geraten und zu Boden geworfen worden. So heftig, dass ein Bluterguss im Gehirn nach etwa 22 Tagen ihren Tod herbeiführte.
Die Anklage behauptet nun, Möller habe seine Mutter vorsätzlich zu Boden geschleudert. Er bestreitet dies, gibt zu die Mutter gestoßen zu haben, aber dies sei nicht absichtlich geschehen, denn er habe mit dieser stets in Frieden gelebt.
Von verschiedenen Seiten wird dies Letztere auch bestätigt, wenn auch von anderen gegenteilig bekundet wird, dass Frau Möller sich gelegentlich auch einmal über ihren Sohn beschwerte. Hervorgehoben wird auch, dass die Verstorbene am Tag nach jenem tragischen Vorfall ihr Testament gemacht habe und in ihm dem Angeklagten im Voraus 3 000 Mark vermachte. Daraus schloss das Gericht, dass sie auf keinen Fall gegen den Sohn verbittert war. Und dies wäre ja wohl nicht der Fall gewesen, wenn er sich tatsächlich tätlich, absichtlich, gegen sie gewandt hätte.
Der Vollständigkeit ist aber an dieser Stelle hinzuzufügen, dass die Schwester dazu die Auskunft verweigerte und das 8-jährige Töchterchen dieser sagte, der

Onkel habe die Großmutter gepackt und gegen die Wand geworfen! Wie dem auch sei, die Geschworenen sind letztlich von der Beweisführung so und so nicht zu überzeugen. Sie verneinen die gestellten Fragen – im Zweifel für den Angeklagten, worauf das Gericht auf Freisprechung erkennt.

Totschlag beim Eisenbahnbau

Mitte April des Jahres 1909 hatte mit Vermessungsarbeiten der Bau der Eisenbahnstrecke Suhl – Schleusingen begonnen. Beschäftigt wurden dann in den folgenden Jahren auch in beträchtlicher Zahl Arbeiter aus Kroatien. Einer davon war ein gewisser Luka Mesic. Er ist am 17. Oktober 1878 als Sohn eines kleinen Landwirtes geboren, hat keinerlei Schule besucht, ist katholisch, verheiratet und Vater von zwei Kindern. Am 10. Januar 1910 kommt er nach Suhler-Neundorf auf Arbeitssuche, nachdem er bereits sogar in Amerika sein Glück versucht hat, offensichtlich auch mit geringem Erfolg. Man stellt ihn beim Bahnbau ein. Jetzt aber, am 13. Oktober 1911, sitzt er auf der Anklagebank des Meininger Schwurgerichtes unter dem Vorwurf des Totschlages an seinem kroatischen Arbeitskollegen Mica Stanic, verübt durch einen vorsätzlichen ohne Überlegung abgegebenen Revolverschuss in der Nacht vom 10. auf den 11. November 1910. Luka Mesic gibt die Tat im Grunde zu, bestreitet aber, in böser Absicht gehandelt zu haben. Seiner Schilderung nach habe ihm Stanic durch Mogeleien beim Kartenspiel öfter viel Geld abgenommen und er habe mit ihm eigentlich nichts mehr zu tun haben wollen. Doch am 10. November sei er halt nach der Arbeit nicht in sein Quartier gegangen, sondern abends in die Gering'sche Wirtschaft in Suhler-Neundorf, wo er sehr viel Bier getrunken habe. Und leider habe er sich, wenn auch widerwillig, wieder in ein Kartenspiel mit Stanic eingelassen. Alsbald habe ihm dabei dieser erneut mit betrügerischem Spiel 40-50 Mark abgenommen, sodass er ihm heftige Vorwürfe gemacht und schließlich gegen 12 Uhr schwer betrunken die Wirtschaft verlassen habe. Draußen habe er sich erstmal gegen eine Barriere lehnen müssen und da seien Stanic und zwei andere Kartengenossen dazu gekommen. Stanic habe ihn beschimpft und dann zu Boden geworfen. In dieser Situation habe er seinen Revolver gezogen, den er wie alle seine Arbeitskollegen auf Anraten des Schachtmeisters immer bei sich getragen habe und einen Schreckschuss abgegeben. Stanic sei darauf geflohen und er habe nun in sein Quartier gehen wollen. Er habe es aber nicht gefunden und deshalb aus Furcht vor Stanic in einer Arbeitsbude übernachtet. Anderntags sei er, ebenfalls aus Furcht vor Stanic, fluchtartig abgereist und zwar in Richtung Heimat.

Da er sich dort aber auch nicht habe aufhalten können, wegen eines gegen ihn schwebenden Unterschlagungsverfahren, sei er über Frankreich wieder nach Amerika ausgewandert. Das Geld dazu habe er sich von Verwandten geborgt. Das Geld sei nicht von Stanic gewesen. Der hatte damals viel Geld bei sich gehabt, von dem nach der Tat aber nichts mehr gefunden wurde. Im Mai sei er dann in Amerika verhaftet und nach Meiningen gebracht worden.
Diese Darstellung weicht von der Aussage der Zeugen – drei Kroaten und der Ortsdiener von Suhl-Neundorf – in einigem ab. Danach sind nämlich zwei Schüsse gefallen, auch habe Stanic nicht den Angeklagten zu Boden geworfen und auch nicht sein Messer gezogen. Seitens der Verteidigung wurde nun angeregt, der Frage nach Totschlag diejenige nach Körperverletzung mit nachgefolgtem Tode hinzuzufügen. Da hiernach der Angeklagte, würde dies bejaht, sofort auf freien Fuß gesetzt werden müsste, weil die Vereinigten Staaten von Amerika nach dem mit Deutschland geschlossenem Auslieferungsvertrag nicht ausliefern, zog sich der Gerichtshof zurück und verkündete nach kurzer Beratung die Ablehnung der gestellten Frage. Der Staatsanwalt forderte mit allem Nachdruck Schuldigspruch, da man vor ausländischen Arbeitern Schutz haben müsse. Der Schutz gehe aber verloren, bei zu weichem Herz. Es müsse die ganze Strenge des Gesetzes walten. Der Verteidiger hält allerdings den Ablehnungsbeschluss für begründet, weist aber darauf hin, dass die Geschworenen sich keinesfalls von einer Verletzung des Auslieferungsvertrages leiten lassen dürften. Wenn auch von Notwehr keine Rede sein könne, so habe die Beweisaufnahme aber auch keinen strikten Beweis für einen Totschlag ergeben.
Der Spruch der Geschworenen lautet schließlich auf Totschlag ohne Zubilligung mildernder Umstände. Infolgedessen wird Luka Mesic zu 6 Jahren Zuchthaus, Ehrverlust auf eine Dauer von 10 Jahren und Tragung der Kosten verurteilt.

Verlagsprogramm (Auszug)

Paul Bergner
Atombunker – Kalter Krieg – PROGRAMM DELPHIN
896 Seiten, 761 Fotos, 128 Skizzen, Lagepläne usw., gb., 39,80 EUR

Günter Nagel
Atomversuche in Deutschland
336 Seiten, 100 Abb., gb., 24,80 EUR

Ulrich Brunzel
Beutezüge in Thüringen
200 Seiten, 63 Fotos, gb., 19,90 EUR

Hans J. Richter / Wolf-Dieter Holz
Deckname „Koralle"
Chronik der zentralen Marine-Funkleitstelle für U-Boot-Operationen
240 Seiten, 115 Abb., Zeichn. u. Karten, gb., 19,90 EUR

Thomas Mehner
Geheimnisse in Thüringens Untergrund
256 Seiten, 55 Abb., gb., 20,90 EUR

Ulrich Brunzel
Hitlers Geheimobjekte in Thüringen
264 Seiten, 79 Abb., gb., 19,90 EUR

Ulrich Brunzel
Hitler's Treasures and Wonder Weapons
208 Seiten, 62 Fotos, Zeichn. u. Karten, gb., 12,80 EUR

Gerhardt Remdt / Günter Wermusch
Rätsel Jonastal
Die Geschichte des letzten „Führerhauptquartieres"
224 Seiten, 26 Fotos, Pb, 14,90 EUR

Geschichts- und Museumsverein Zella-Mehlis e.V.
100 Jahre Beschußanstalt Zella-Mehlis
72 Seiten, 16 Fotos, 17 Zeichnungen, br., 3,90 EUR

Lothar Günther
Schleusingen im Zugriff der Siegermächte 1944-45
112 Seiten, 49 Abb., gb., 12,80 EUR

Bernd Seifert / Günter Ludwig
Zella-Mehlis
Ein Bildband über die Stadt Zella-Mehlis
68 Seiten, 186 Farbfotos, gb., 17,80 EUR

Elisabeth Karl
120 Jahre Lutherschule
276 Seiten, ca. 130 Abb., gb., 19,90 EUR

Heinrich Ehrhardt
Hammerschläge
Reprint-Ausgabe
130 Seiten, 12 Abb., gb. 14,90 EUR

Peter Haseney
Kurze Nachrichten und lange Schilderungen über die Familie Haseney
36 Seiten, 3 Abb., br., 2,00 EUR

Ulrich Brunzel
Das blaue Feuer
96 Seiten, 15 Abb., br., 2,50 EUR

Ulrich Brunzel
Die Wunderblume der Steinsburg
72 Seiten, 26 Abb., br., 2,50 EUR

Frank Hofmann
Zwischen Pirsch und Ansitz
256 Seiten, 20 Zeichnungen, gb., 21,90 EUR

Unser Buchprogramm finden Sie im Internet unter
www.heinrich-jung-verlag.de